夜雨寄北

首届缙云诗会作品集

中共重庆市北碚区委宣传部　编

西南师范大学出版社
国家一级出版社　全国百佳图书出版单位

图书在版编目（CIP）数据

夜雨寄北：首届缙云诗会作品集 / 中共重庆市北碚区委宣传部编；江绪容主编. -- 重庆：西南师范大学出版社，2020.5

ISBN 978-7-5697-0258-3

Ⅰ. ①夜… Ⅱ. ①中… ②江… Ⅲ. ①诗集－中国－当代 Ⅳ. ①I227

中国版本图书馆CIP数据核字(2020)第067593号

夜雨寄北：首届缙云诗会作品集

YEYUJIBEI：SHOUJIE　JINYUNSHIHUI　ZUOPINJI

中共重庆市北碚区委宣传部　编

江绪容　主编

责任编辑：张　昊

责任校对：李晓瑞

装帧设计：观止堂_未　氓

出版发行：西南师范大学出版社

地址：重庆市北碚区天生路2号

电话：023-68253705

邮编：400715

网址：http://www.xscbs.com

印　　刷：重庆康豪彩印有限公司

幅面尺寸：145mm×210mm

印　　张：8

字　　数：160千字

版　　次：2020年5月第1版

印　　次：2020年5月第1次

书　　号：ISBN 978-7-5697-0258-3

定　　价：49.00元

序言

行到北碚必有诗

吕进

2019 年 9 月，在“江流日夜变秋声”的季节，21 位来自全国各地的诗人汇聚北碚，出席“全国著名诗人北碚行”笔会。这是重庆市北碚区委、区政府领衔发起的首届缙云诗会的主体活动，中国作家协会《诗刊》社和重庆市作家协会也是诗会的主办单位。北碚来客们在国内诗坛都堪称一时之选，他们的到来给诗意北碚增添了新的亮色。北碚区委宣传部选编，江绪容主编的诗集《夜雨寄北——首届缙云诗会作品集》（以下简称《夜雨寄北》）就是这次采风活动留下的足迹。

采风问俗，本是我国的久远传统，古即有采风制度，设采风之官。采风在古代被赋予重大意义。《汉书·艺文志》说：“故古有采诗之官，王者所以观风俗，知得失，自考正也。”现代诗人承续了这个传统。20 世纪初，在校长蔡元培支持下，刘半农、沈尹默、周作人等北京大学的诸多诗人就曾设立歌谣征集处，发起民歌搜集活动。新中国成立以后，在西南师范大学（今西南大学）任教授的刘兆吉，在抗战时期，曾由湖南徒步去昆明。他将途中收集的两千多首西南地区民歌整理成《西南采风录》后出版，他的老师闻一多等为这本书写了序。《西南采风录》保有广泛而持久的影响，中国台湾的书局 20 世纪 80 年代还在重印。

北碚曾名白碚，名为“碚石”的白色巨石伸入环城而过的嘉陵江中，成为这里的地标。因白碚在渝州之北，清乾隆年间改名北碚。北碚背依缙云山，《黄帝内经》对此山有记载，黄帝时有缙云氏后裔居此。山上九峰争秀，林海苍茫，清人何仕昌曾有“倚树听松涛”之句。北碚有很强的文脉，自古至今都是知名的文化城。古之李白、杜甫、李商隐、陈子昂，今之郭沫若、巴金、艾青、吴宓等都曾到此地。现在城区还有老舍旧居“四世同堂纪念馆”和梁实秋旧居“雅舍”。梁实秋在北碚开始写的《雅舍小品》，是现代文学的珍品。他后来曾翻译《莎士比亚全集》，赢得较大反响。但是学者朱光潜曾致信梁实秋评价说：“大作《雅舍小品》对于文学的贡献在翻译莎士比亚的工作之上。”

诗集取名《夜雨寄北》，出自李商隐的同题诗篇。李商隐的《夜雨寄北》跌宕有致，婉转隽永，是唐诗名篇：“君问归期未有期，巴山夜雨涨秋池。何当共剪西窗烛，却话巴山夜雨时。”仅有 28 个字的诗中两次出现“巴山夜雨”，此地（巴山）—彼地（西窗）—此地（巴山），空间往复；今夜—他夜—今夜，时间回环。以家中他夜之团圆，反衬异乡今夜之客愁，眼前景反作后日回想，他夜话今宵，真是奇思。像许多古代名篇一样，对李商隐这首诗，古今也有各种解读。“巴山”，是泛指还是实指；“寄北”，是寄内还是寄友，众说纷纭。明人曹学佺撰有《蜀中名胜记》，据其考证，古之巴山即今之北碚缙云山，这是其中较有影响的一说。

首届缙云诗会的参会诗人均非等闲之辈，这些诗坛骁将的视觉系统特别敏锐，他们都有一双发现美的眼睛。诗是表现，诗更是发现。诗人们不但善于观察外在的北碚，而且深入内在世界，探索北碚的人文美度、人情厚度与人性高度。他们留下的佳篇美制，有些将会融入北碚的历史。

既然在同一个地方采风，同题诗当然就会比较多。翻开诗集可以发现：相同的北碚风物出现在不同的诗人笔下，却在各异的言说方式中焕发出了各自的光彩。这正是这本诗集的特殊魅力。

随手举个例子，比如，黄亚洲、张新泉和娜夜都在写老舍旧居，但是这三首诗就大异其趣。抗战时期，北碚成了“陪都的陪都”，出现了“三千名流聚北碚”的文化盛况。英国科技史专家李约瑟 1943 年造访北碚后曾写道：抗战时期中国“最大的科学中心是在一个小市镇上，叫做北碚，此镇所有科学团体与教育机关不下18所”。老舍就是这“三千名流”中的一位。他的旧居坐落在北碚城区，是一栋二层楼房，1943年6月老舍寓居于此，直到1946年2月去美国。老舍在这里完成了他的长篇《四世同堂》三部曲的前两部《惶惑》和《偷生》，所以老舍旧居2010年更名为“四世同堂纪念馆”。老舍旧居绝不只是老舍的居所，老舍当年是“中华全国文艺界抗敌协会”负责日常工作的总务部主任，所以他的家自然就成了抗战后期重庆乃至全国的文化活动中心。郭沫若、梁实秋、田汉、艾青、光未然、以群、萧红、赵清阁等许多文化名流常常在此处现身。

老舍将其居所戏呼为“多鼠斋”，黄亚洲的诗《老舍旧居“多鼠斋”》，视角就是老舍旧居那“并不见得比别家的更多，不过也不比别处的少就是了”（老舍语）的老鼠。老舍当年还在《新民报晚刊》写过多篇《多鼠斋杂谈》。黄亚洲还是用他的行吟诗风格，且叙且唱，且行且吟，想象独到，风趣深刻，再现了在国难当头的艰苦生存状况下写作的老舍。诗人最后不忘幽读者一默，既然“戴着钢盔，喊着‘八嘎牙鲁’”的“鼠们”带来了创作《四世同堂》的灵感——

又寻思，日后我若要写一些狮虎
我该搬到哪里去

张新泉对“多鼠斋”没有更多在意，他的《老舍旧居》遥望的是北京的太平湖。太平湖不太平。在他的诗里，老舍从太平湖回来了，“衣上留着水迹”的老舍说——

我从太平湖带回的
蝌蚪，涟漪，和
比人更干净的淤泥……

这就是张新泉啊，他的“好刀”依然“敬重人的体温”，他用“文火”煮出的人生依然“美丽而刚强”。诗行保持了张新泉式的简约和朴素，后面蕴藏的却是深刻的思想力量。

娜夜的《在老舍旧居看云》又别有诗趣，一读就知道这是女诗人的诗，而且一定是出自女诗人娜夜之手。清代诗人江湜有诗《彦冲画柳燕》，其前四句为：“柳枝西出叶向东，此非画柳实画风。风无本质不上笔，巧借柳枝相形容。”大家在参观老舍旧居，诗人却站在旧居的“边缘”，“生活在别处”，看云去了。娜夜笔下的云使人想起她的名句：“一粒尘埃，也有它自己的心脏。”

娜夜有她特有的女性气息，一贯从小处落墨，注重非常细致的内心表达，极具吝啬笔墨。云朵成了“一把小提琴”，成了“鼓棒”，甚至成了“八岁的小女孩在广场被挤丢的一只花布鞋”。云朵因诗人而活，云朵因诗人而美：“——我陷入回忆 天空准备着明天的日出”。

黄亚洲、张新泉、娜夜，他们各自的“老舍旧居”，辨识度很高，谁也代替不了谁。“作诗必此诗，定知非诗人。”正是在这样的同题诗里，我们感受到了娴熟的诗道手腕，也领悟到了诗的艺术能量。

诗集里有一首《重庆两江新区：大地企业公园》，这是黄亚洲的诗。有一天，我集中时间拜读诗会的全部作品，当我读到下列诗行的时候，简直惊喜不已：

这一刻，东道主就在展示照片上给我指点了一位
说这个中年女子叫蒙敏
她进驻的时候，整个公园都感觉到了重量
鸟儿惊跳到更高端的树枝

蒙敏从美国回来了，而且就在北碚？真想不到啊！记得1998年，我到美国首都华盛顿出席美国亚洲学会年会以后，乘机转往美国西部的俄勒冈大学讲学。快起飞的时候，我的旁边空座位上来了一位亚裔面孔的年轻姑娘。我试着用英语问她：“你是日本人，还是中国

人？”她说：“中国人啊！”原来，她是马里南大学的博士后，重庆人，叫蒙敏，这是去盐湖城求职。于是我们就抛开英语，也抛开椒盐普通话，用道地的重庆话交谈起来，何其畅快！由于大雪，飞机在丹佛降落以后，荧屏显示：去俄勒冈和去盐湖城的航班都 cancel（取消）了，得在丹佛机场过夜。第二天清晨，去俄勒冈的飞机先飞，我叫醒还在地板上睡觉的蒙敏，相约再见。这一别就是 21 年。设法找到蒙敏的电话以后，我给她打了过去，她在电话那一端高兴得跳起来：“我要尽快去看您。”蒙敏现在在美国已经是生物医药实验分析方面的知名专家了。2016 年，她从美国来到北碚的两江新区创业，成立了从事核酸药生物分析技术服务的实验室，为家乡做了许多贡献。这真是诗歌带来的一段奇缘啊！在紫云台重逢时，我感慨万千：当年的年轻姑娘已经变成“中年女子”，而丹佛机场的白雪现在已经堆在我的头上了。

本届缙云诗会非常成功，北碚区也有意将缙云诗会继续定期举办下去，这对于文化北碚，对于诗歌中国，无疑都是一个好消息。我愿意送上美好的祝福。德国 19 世纪的浪漫派诗人荷尔德林曾有一首诗——《人，诗意地栖居》。这首诗本来并不怎么被人注意，经20世纪德国存在主义哲学家海德格尔引用，就众所周知了。人们向往诗意地栖居，就是对一种美好的生存状态的期望：期望在物质的尘世找到回家的路，期望觅回内心的纯净与安详。我想，“时尚之都，红尘之外”（毛翰）的北碚不正是这样的理想的栖居处所吗？

“江山青峰耸缙云”（王尔鉴），行到北碚必有诗。《夜雨寄北》即将与读者见面，这本诗集制作也颇为雅致，我很高兴，欣然写序。

目录

陆健 | 北碚四章

吕进

毛翰

娜夜

吴传玖 | 缙云诗笔记（组诗）

义海 | 北碚诗踪

周瑟瑟 | 北碚诗歌人类学简史（组诗）

曹宇翔

国务院特殊津贴专家，

第二届鲁迅文学奖获得者。

桂香浮起缙云山

昨夜明月当空，我听见
山上金桂、银桂、丹桂如喷泉
花香浪涛澎湃，隐隐轰鸣
沁人肺腑桂香，大自然神力
山影似在飘移，一天繁星

桂花弥漫，桂香浮起缙云山
抬高黛湖幽静，古村落，白云竹海
当曙光初照，又轻轻放下
放在北碚嘉陵江边人们生活里
分明浮起，却像一动未动

《夜雨寄北》的诗人今日
隐身何处，诗句淅沥千载夜雨
秋池隐约，此刻健身梯道人影幢幢
明媚花枝伸向翠绿山巅
名山依旧，一切转换时空

鸟翅翻飞花浪，峰闪霞彩
何等幸运和福分，我遇见，我目睹
云雾泉声洗出明亮簇新之我
在这里，所有的微笑都有来由
红日高照，我怀着感恩的心

请扫码观看诗朗诵
《桂香浮起缙云山》

嘉陵江献诗

白鱼碚兀立江心随水曲折
浩荡大江波浪向东。峡风吹拂
江滩放风筝的老人和孩子
欢呼雀跃，风筝线彩纸写满心愿
飞啊，飞进北碚蔚蓝天空

这名江，这名城，这福地
一江波涛阐述岁月，碚石纤痕深深
篙洞密布，恍若触摸到往昔
那挣扎，那苦累，那血泪长喊
江边乱石烙满纤夫苍苔背影

峡壁屏立陡峭之美，在庙嘴
信号台流连低回，江声滔滔而去
又迎面而来，尤其万家灯火的夜晚
人间大书夹着流水灯影书签
大江琴弦，一声沧桑古筝

掬起江中灯火，掬起星辰
掬起激流霞光飞浪是掬起勇敢的心
波浪向东，敲响每日朝阳铜锣
伟大的河流奔腾不息，一如两岸
人民周而复始的热腾腾生活

缙岭云霞　秦廷富 / 摄

致敬紫云台

在千里之外，我又听到
您爽朗的笑声。客厅里是您的铜像
您与系着红领巾的铜像合影
开心地笑了，哈哈一转身变成
一个翩翩少年，天真儿童

宅心仁厚长者，桃李满天下
教书育人先生。热爱祖国和生活
青春，梦想，奋斗，喜怒哀乐
您居住的紫云台，是一地名
更像人文景观，一个象征

无数来访者的一束束鲜花
都是感谢和赞美。您幸福地笑了
孩子般笑了，笑声推开多少心扉
笑是人间最美感染，一转身
内心明媚阳光，天地生动

傅天琳

中国诗歌学会副会长，重庆新诗学会会长，全国文学奖获得者，鲁迅文学奖获得者。

黛湖

感谢白屋诗人吴芳吉
给你取了这个古典美女的名字
让你安静地躺在山峦

只有诗人才知道
黛，是怎样的一种风景一种状态
一种情愫

风送来淡淡草腥
吹皱你同样古典的一身绸缎

一群怀旧的蜂哼着元曲小令
正要靠近你身旁那座柑橘园

没见过比你更小的湖了
小得超然物外，小得焦渴的路人
一口就可以把你喝光

干净还分大小吗
远离尘埃的湖水
再小也是令人尊敬的

再小，也无法测量出你幽深的
幽深的，从巴山夜雨
一路深深深过来的意境

你湖畔那棵木姜子
枝条一晃就是八百年一千年

几个朝代
轰隆隆列队走进的
不过就是你鬓边一朵花的一生

更不说那岩石、那瀑布、那缙云九峰
那千堆夜色，那万古沧桑

全都融化于黛
融化于湖
融化于你平和、匀称的呼吸之中

缙云山黛湖　王飞 / 摄

80 只动物的眼睛

80 只动物的眼睛
80 只瞳仁发蓝、发白、发青的眼睛
眼球突出或深陷的眼睛
单眼皮双眼皮长睫毛短睫毛的眼睛

眼睛里有天真、萌、善
有激动、平静、凶狠、狰狞
有恐惧
有坚定

无论哺乳类灵长类爬行类两栖类
眼睛不会说谎
眼睛能透视心情

在羊的醉眼里你看见开花的草原了
在一只蜻蜓的眼珠子里
看见露水在小草腰上闪动了

在恋爱中的鸟，频频发亮的眸子里
看见水波荡漾了

这时你想，人啊，脚步轻一些
离它们远一些
不要惊动这世上最美的眼神

在一匹不识途的老马眼中
你看见一片混沌一片苍茫
这时你又想，人啊，请给它
一座沙场一根缰绳

80 只动物的眼睛
突然有这样一只
痛苦，悲壮，混合着轻蔑

天空的门渐渐合拢
一个濒临绝境的物种
正一步一步，一秒一秒走向黑夜

你看到了百年孤独
看到了孤独中的自己

80 只动物的眼睛
80 盏大大小小，瓦特不一的聚光灯
在北碚博物馆一面荧光墙上

死死地，盯住一个人
像要把世界的心思洞穿

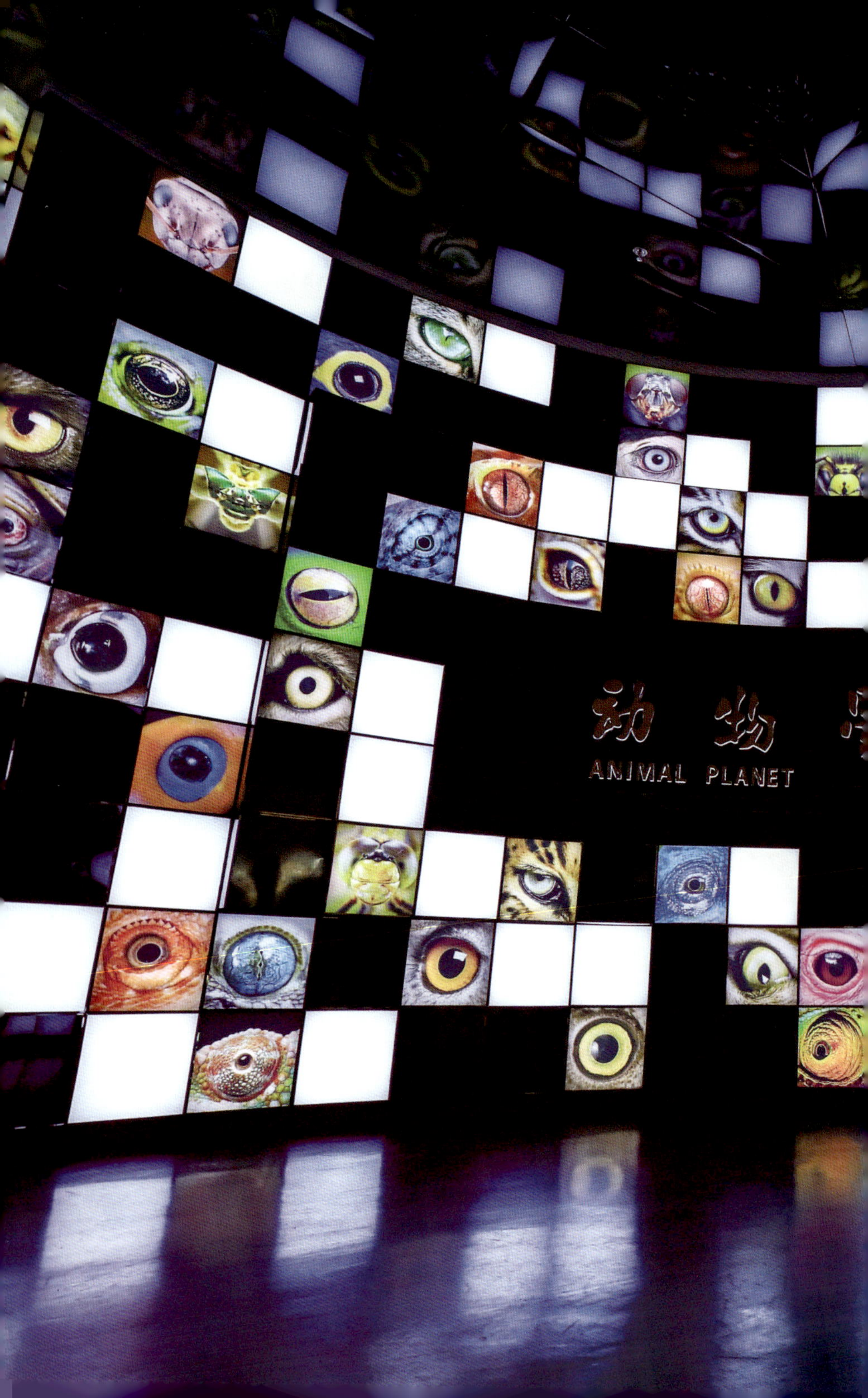
动 物
ANIMAL PLANET

重庆自然博物馆“动物星球”　杨世兰 / 摄

教育

他叫卢作孚

他是做大事情的人

鹰翅展开

无人能画出他飞翔的半径

一手办实业，一手办教育

北碚之父

相信必须用教育启迪他的子民

相信育人之露

在于点点滴滴

一滴就能喂养一座城市

一勺就能喂养一片文明

譬如一张电影票仅收一千多文

没有钱，认字也行

认五十个字就可以看一场电影

这一横一竖一撇一捺的五十个字啊

天地人必在其中

家国情怀必在其中

西南大学　西南大学供图

我的北碚

在离北碚还有三十公里的地方
空气中就飘来炊烟的气味
家的气味，亲人的气味
整片秋天被高速公路分开
我带着一座花园在飞奔

我磅礴的相思
早已交给雨的手指抹绿崇山峻岭
只有翅膀才能为我们带来天空
在我梦中，集合了多少缙云山的鸟群

我一刻也没有停下的笔
奋力追赶你的桥梁，道路，古镇，新区
一天天一年年，我在你的光里播种
吸入你山涧的水，嘉陵江的水
吸入你水一样源远流长的文化和精神

我站在夕阳的边上
却感觉内心有一颗朝阳正冉冉升起
我从曾经的一枚果核走出来
放眼我的北碚
万象更新如孔雀频频开屏

请扫码观看诗朗诵
《我的北碚》

鸟声如此之宽，乾坤如此之大
爱情如此之醉，芳香如此之深
即使每一片叶子都写着家的地址
我还是迷路于家门口
迷路于这个锦绣的早晨

我是你熟悉的诗歌的老黄牛
把头埋进你的青草，憨愚、陶醉
第一道车辙就是我新鲜的诗行
写在刚刚贯通的隧道
水泥味尚未散尽

我还是你坡地的那棵萝卜
被命运的酱汁反复腌制，百味丛生
还是你矮小的灌木，昂扬的枝叶
磨难和信念把希望赐予了一个柔弱的人
我还是你的云你的雾
那么软，那么轻

狮子峰站在云上与我对视
我的肺里有你松涛汹涌的声音

晨曦中的缙云山　秦廷富 / 摄

而此时我却找不到词语

我只能匍匐在地匍匐在地啊，亲吻你

亲吻你泥土里的乳汁，泥土里的根

黄亚洲

中国作家协会原副主席，
浙江省作家协会名誉主席，
鲁迅文学奖获得者。

重庆自然博物馆　秦廷富 / 摄

重庆北碚博物馆：我被一张图片击中

我是在北碚博物馆的一张图片面前中弹的
思绪失联，空白了好几秒钟
一个碎裂的重庆击中了我
1938 年 2 月击中了我

我溅开的血，如慢动作镜头，滴在下列数字上：五年！
1938 年 2 月 18 日至 1943 年 8 月 23 日！
轰炸 218 次！飞机 9000 多架次！
投弹 11500 枚！

感谢断墙残垣上的那四个字，以最快的速度冲过来
为我做了包扎
那四个字，是用钢钉、石膏、绷带、拐棍做成的
——愈，炸，愈，强！

那四个字，是用骨血、意志、坚韧、希望做成的
那四个字是中国人最习惯书写的
那四个字的另外一种写法是
——中，华，民，族！

我在一张图片面前中弹，但我，很快
用那四个字，把血擦干净了

重庆大轰炸那几年，我还没有出生，但我知道

我周身的血，来自哪条破碎的血管

思绪失联，空白几秒钟，看来是必需的

我有许多东西，需要

清零

关于恢复健康之前的清零

或许，朋友

你也需要

图片来源于人民网

重庆自然博物馆

我们从恐龙馆开始参观
从恐龙尾巴的指向里，依次
探索大地、历史、演变、中国、重庆、北碚

无论是从规模，还是从展品的丰富度看，这家博物馆
都属于中国第二
第一，在上海

很清楚，上海的方位，位于中国第一长龙的尾巴
这里，是龙头

地球厅、进化厅、环境厅、重庆厅
我依次把它们缩小，放入我心房与心室的各个部位
在夜间，在梦乡，我要做第二次参观

我参观过许多自然博物馆，逐步明白了
我是怎么来到这个世界的
但是这一回，在曾经遭受五年大轰炸的重庆来观察生命的演化
才更加明白，一个民族
生存的不易

我摸摸自己的脊椎，摸到了恐龙尾巴的长长的骨结

我要珍惜生命，要比过去

更加珍惜

出席首届缙云诗会的全国著名诗人在重庆自然博物馆合影

秦廷富 / 摄

说说重庆的竹子

在北碚的博物馆里，又见到大片的竹子，形形色色
那我就讲讲竹子，你知道我多么钟爱竹子
我每长十年，生命里就结出一截气节
你也知道，我的目光日益深沉

我家乡，也盛产竹子，竹子的气节很多都长在
浙江画派的宣纸上
潘天寿用水墨把竹叶磨成刀剑
而我看到的重庆竹子，却拔节着老百姓熙熙攘攘的日常：

斗笠、撮箕、竹篮、鱼篓
蒸笼、人力滑竿
背篼、扛棒、烤火笼
重庆的日子一半是竹子做的

日常的生活，其实
就是气节
气节没那么深奥
一个民族的有尊严的日常生活，就是气节

你看重庆，连城市都在拔节，一节高过一节的
重庆就是由杠棒挑在肩上的
重庆在回答有关民族存亡的问题上，答题加分，做了首都

现在我回过头，再看潘天寿的竹子，其实
他画的就是重庆
他画的每一片竹叶，都是指向日寇轰炸机的长枪
他画的就是气节

以上这些句子，就是我对竹子的感受
一节连着一节
这首诗的海拔，是不是，也有重庆的高度?

梁漱溟的花房

两年是一个很快的概念，白驹过隙，而他
也就是在这貌美如花的房子里
不多不少，住了两年

每天，他都把石头一样坚实的文字，砌入他的作品
就像他房子的外墙，那些黄色石头，如
一朵朵花，硬实地，嵌在青砖之中

他就经常抚摸砖墙里的那一朵朵石头
经常想，中国文化里的那些坚实的元素，怎么都像花啊？

他在这幢花房子里完稿的那本书，就是
他的代表作《中国文化要义》
中国问题、人生问题，就这两个问题他反反复复琢磨
就像他每天，反反复复手抚他的花墙

石头与花
中国人性格的两面
就这么美好

今天，我反反复复打量梁漱溟住过的房子，看墙上的花
看花里的石头
很快，就明白了上面这个道理

梁漱溟旧居（花房子）　北碚区文化旅游委供图

巴渝第一个状元的八角井

又碰上一个敢于谏上，而造成龙颜大怒的人
又碰上一个有着自己骨头的人
又碰上一个
——果然，又是一位书生

此人练字过度，便有了
两回改变自己命运的机会：他成了巴渝地区的首位状元
他叫冯时行
后来知道，他的名字其实取反了，他根本不合时宜

当初，喧天的锣鼓声与唢呐声，响成一朵
抬着他从八角井起飞的祥云
这种风光是可以想见的，命运
让他飞向都城临安，赵家皇帝正等着见他
但是最终，命运又载着他飞回了八角井
让他的脊椎骨，重重撞在井栏上

谁叫他力谏抗金呢
谁叫这位文弱书生，长着一副
岳元帅的骨头呢

仍旧在缙云寺的八角井蘸墨练字
仍旧举笔，对着青山与青天，空写
凌云壮志

他随之开始了教学生涯，他要求他所有文弱的学生

都长出棱角

不一定是八角，但必须

有角

我今天在八角井的井栏边坐了很久

一直探头看井里的水，想这井水为什么这般神奇，能将

一支脆弱的笔，淬成

一根骨头

缙云山八角井　吴祥鸿／摄

金刚碑古镇

过去的都过去了，那些突然而起的繁华
那些民国文人，那些苟安与温暖
那些年代的
被蜂群蜇过的风

只有镇口的百年黄葛还记得一切，它正用
飘落的黄叶，一叶一叶地为我数着：
梁漱溟、孙伏园、老舍
翁文灏、孙越崎、吴宓

我努力想象他们一个个喝酒的样子，有的
持酒写字，有的借酒浇愁
空袭警报响起，他们一个也不慌张
这里的巨岩、峡谷、古木，是天然的防空洞

脚下那条嘉陵江，也是一支炸不断的出川队伍
跟他们一样从容，颜色不改

教育家梁漱溟在这里兴办“勉仁书院”
行政院长翁文灏寓居于此，筹划政局
中国煤油大王孙越崎选择在这里创建“中福公司”
作家老舍在此写作《四世同堂》
历史学家翦伯赞在他的寓所定稿了《中国史纲》首卷
请问，这些黑白电影的片段，哪里还在放映？

过去的都过去了，他们在黄葛树下互敬的酒杯，几乎
都已退化成了陶罐，请问
他们的谈笑与哭泣，脚下那密集的嘉陵江波纹
还有哪张唱片，放得出来？

我看见一间一间暗黑的房子正在修缮
那么，那些民国的苍凉与温暖，还能
在室内端坐吗？

我看见一只受惊的蝙蝠，从屋内飞出
那么，它张开的翅膀，就是
那张木纹的唱片吗？

金刚碑古镇　陈远鸿 / 摄

缙云寺

这是佛的道场
论及等级，它比中国四大菩萨的道场，显然
还要高出一筹

现在，我就与缙云寺的尼师聊起释迦佛的话题
我说，释迦佛不是真正的过去佛，真正的过去佛是燃灯古佛
释迦佛是现世的佛，说他已经“过去”，无非
只是说，他是如来佛的前任
他退休了

尼师大笑，认为我的理解是对的
于是我进殿，双手合十，向这位伟大的退休者致敬
他退下来了，依然在自己的道场发挥文化余热
果然是佛的境界

我双手合十
一座佛的纪念馆，一座佛的书院
一座佛的故居，一座佛的纪念碑

跪拜后，我对佛说，我也已退休多年
目前正在筹建我的书院
我即将“过去”，因此，很想尽快
立地成佛

佛没有搭话，但我已全然猜到了他的意思

我明白

我成不了佛，也成不了菩萨，甚至也修炼不成罗汉

急功近利之人，还谈什么“过去”与未来

缙云寺　北碚区摄影家协会供图

“巴山夜雨”诗歌座谈会

“巴山夜雨”是一块湿润的路标
李商隐将它竖立得如此醒目，以至于我往中国的西部瞭望
它总是耸立于一个重要的三岔路口

这一次，我也是夜晚抵达巴山的，不过天气晴好
巴山又叫缙云山，我参加的是缙云诗会，专程
来跟李商隐会面

李商隐说“何当共剪西窗烛，却话巴山夜雨时”
我说今天天气很好
他说，也对，时代变了

第二天晚上还是没有雨，我跟他一起列席
“巴山夜雨”诗歌座谈会
座谈会由西南大学中国新诗研究所主持
诗人们发言踊跃
李商隐却没有吱声，他只负责布置氛围

然而，他一直没能找来夜雨
但我们都说，氛围已经足够好了
就中国文学而言，诗歌本身就是夜雨
这种沙沙沙的小声音
已经，足够好了

雅舍

由于战争，由于蜂拥的文人
重庆的船舷开始倾斜
尤其是文化的那一侧，吃水很深

小小雅舍，一个精致而安全的船舱
但梁实秋先生还是担心，中国散文的那种优美
分量，仍旧太沉

那些灵动的散文，总是与屋后的黄葛树
茂密的青草，摇晃在一起
等待梁先生在黄昏时分的抚摸
以及抚摸之后
放飞给前方与后方
放飞给风

中国的风，即便吹过黑色的战场，也依旧清新
尽管掺着硝烟的成分
梁先生对此，拿捏得很稳

真是的，散文，只要它足够硬实，也能
一粒一粒，压入枪膛
甚至，能打赢
小半场战争

请扫码观看组诗朗诵
《碚城意象》

雅舍

梁实秋旧居（雅舍）　北碚博物馆供图

雅舍之二

我现在走进了他的家，我不知道
这个家，是不是
鲁迅先生所说的“丧家的资本家的乏走狗”的那个家
前院摆着靠椅，黄葛树摇曳
梁实秋先生跷着二郎腿坐着，以石雕的样式

高跷二郎腿，或许是表明他的不在乎
关于对卢梭的评价以及关于中国文化，他有他的坚持
他能经受鲁迅的匕首与投枪
他不流血

他与夫人的合影挂在墙上，他俩都穿着白色服装
脖子扣得紧紧
他们都有他们的坚持
在中国，他们追求雪的颜色而不追求血的颜色

追求白色，也不是不爱国
他从北平逃到重庆，也并没有“丧家”
八年的“鲁梁论战”在一九三六年戛然而止，那一年
鲁迅走了，而他，依旧跷着二郎腿，坐在
自己家里。他的这种不在乎
被我今天撞见

我很在乎他的不在乎

我很在乎雪的颜色与血的颜色之分野

但他依旧高跷着二郎腿

很不在乎我的在乎

老舍旧居“多鼠斋”

房子很好，小巧玲珑，红漆地板
但是老舍却称之为“多鼠斋”
可见很好的房子，也总有不为人称道的另一面

我不知道老舍在这里写《四世同堂》之时，每夜
都是怎么睡着的

每夜，同一只老鼠，吱吱咬着
同堂的四世

我忽然断定，老鼠每天的啃咬，肯定
能给老舍莫大的灵感
他笔下的北平小羊圈胡同，无论祁家、钱家、冠家
家家都有鼠的牙印，牙印清晰而深刻
鼠们戴着钢盔，喊着“八嘎牙鲁”

生活是创作的源泉
老舍在国难时期搬入这所房子，算是搬对了

又寻思，日后我若要写一些狮虎
我该搬到哪里去

老舍旧居（四世同堂纪念馆） 北碚博物馆供图

那一年卢作孚很饿

那一年卢作孚还没有回重庆创办民生轮船公司
那一年卢作孚还没有指挥中国版的敦刻尔克大撤退
那一年卢作孚很饿

那一年是一九一四年，小卢才二十一岁
他迷茫
辛亥革命的胜利并没有为中国带来什么
他的思想很饿

他从四川奔到上海寻找吃的
他的食铺是上海商务印书馆，他遇见了中餐与洋餐
每个沉重的书架上，菜谱都标榜着自己的鲜味
小卢连吃了三天三夜，终于，饿昏在地板上

商务印书馆的职员救醒了他，为这位嗜书求饱的小青年
流下眼泪，他们
挽留他在商务印书馆工作，领一份工薪
没想到，小卢婉谢了
小卢要到外面去寻找食铺，社会是更大的食堂

二十三年后他指挥了中国版的敦刻尔克大撤退

他紧急抢运中国的重工业与轻工业

他民生公司的每一只轮船都吃得很饱

他站在岸上挥手动员，他的思想饱满而有光泽

后来，他也昏倒了一次，他是由于过饱，而昏倒的

在北碚品尝豆花宴

中间摆着几碗豆花，嫩一点的，老一点的
三十二碟调料，则摆了圆圆的一大圈
餐桌镶了花边

油盐酱醋，花椒芝麻，香葱姜末，豆豉肉糜
我每样都挑了一点
至今，都说不清奇异的味道是什么样的
刷三遍牙，嘴巴还香

真佩服俺们祖国的豆腐
真佩服俺们国人的舌头
中国的豆腐与中国人的舌头，都是正儿八经的国粹

感谢东道主胸怀的博大，把中国各个省份
都端在了我们面前
感谢了：调料碟子很薄，各地乡亲的方言
却这么淳朴厚道

不能不说，豆花宴是爱国宴
餐桌转了一圈
我就走遍全国

访重庆智能机器人研究院

一个叫“悟空”的机器人回答了我好几个问题，包括
愿不愿意做我的儿子
另外六个叫“优必选”的机器人，为我
舞了一曲
最后一个动作是他们把额头抵住大地，用双脚顶住天空

这个动作，让我顿然想到未来机器人顶天立地的样子
以及，我的猥琐与不堪
那时候，我会不会是他们的仆人，要看
他们的脸色

耐心的讲解员劝我不要担心，说，最终
机器人还是要看人的脸色的
假如彩虹在天边出现，你会写诗，而他们
只能给出光谱的数字

重庆把一个可控的未来端在我面前
这让我的血压又回到正常
我相信重庆，因为重庆有这个底气说话
重庆遭受过五年的敌机大轰炸
重庆最有资格断言：血肉能战胜钢铁

重庆两江机器人展示中心　陈洁 / 摄

重庆两江新区：大地企业公园

漫步于这个漂亮公园的，不是人，也不是
黄鹂与山雀
是企业

是电子企业、生物企业、医学企业、高科技企业，甚至是
黑科技企业
他们互相招呼，倚着大树喝茶

仅仅是这个公园的首期工程，就有近百家企业进了门
公园的黄昏显得有些热闹
鸟儿都停在树梢的高位

其实我说得不全面
漫步于这个公园，最核心的，还是人
这一刻，东道主就在展示照片上给我指点了一位
说这个中年女子叫蒙敏
她进驻的时候，整个公园都感觉到了重量
鸟儿惊跳到更高端的树枝

蒙女士，曾任美国科文斯公司盐湖城实验室中心主任
是科文斯的全球首席科学官
她就在这个公园散步，但大家很难看到她
她基本上都窝在生物科技实验室里

伟大企业
大地

大地企业公园　刘德良／摄

这一刻，我也如鸟儿一样惊跳起来，并且惊飞
我再不忍心打搅这个公园
在重庆精密的动力心脏附近，我等闲杂人员，还是
以不久留为好

至于蒙女士，我愿意在一次诗歌朗诵会上
遇见她，我愿意为她创造一个轻松时刻
相信那个朗诵会，所有鸟儿都会从树枝的高端落下来
为公园真正的主人
展翅歌唱

北碚区的明天：中国诗歌特区

我的梦境在昨夜四更时分热闹起来，因为李商隐赞同了我的看法
三更时分他还有所保留
他说，你说说看

当然，他同意他的名诗《夜雨寄北》是个基础
他当初使出了那么大的气力，把一整块土地都抱入了一种意境
以至于，我们天南海北的只要一提及北碚
双颊上，立时就会有清凉的湿润，像雨后的月光
像久违的相思
李商隐同意这说法，但他还说，你说说

那我就说，我说，为什么北碚区应当是诗歌特区呢?
首先，每次我来北碚，感觉都像是走进了一本诗集
当年老舍在这里不是写小说，梁实秋也不是写散文
他们写的都是诗
“北碚之父”卢作孚更是为这本诗集，作了一幅又一幅的插图
让这块土地的每一个方向，都可以高声朗诵
缙云寺，更是以一个诗眼的样式存在
可以说，古佛的清凉，是夜雨的源头

我说，再者，当代北碚的学术核心，自然是面积惊人的西南大学
而西南大学的三大学术核心之一，就是中国诗学的研究
显然，北碚的圆心是“中国新诗研究所”，所以
你完全可以想象辐射的那种强大

可以想象初升的太阳，想象中午的太阳，想象黄昏的太阳
诗意强力渗入北碚的土地，已是事实

我说，第三，眼下北碚的主事者，一个个都是诗的写作者
他们在两江新区写作高科技，在缙云山与金刚碑，写作
人文精神的美丽
他们很内行，写作很讲韵律与节奏
现在他们又努力推动缙云诗会，决心树一个恒久的品牌
告诉你，李先生，你的“巴山夜雨”，就是此次诗会的雅集之名
我们那晚的热烈，也震动你们大唐了吧？

我的梦境在昨夜四更时分热闹起来，因为那一刻
李商隐赞同了我的看法
他说，“中国诗歌特区”，有点意思，要搁在我们那会儿
估计，唐文宗会准奏的
后来，缙云山的农舍就鸡叫了，我们都站起来
我们知道，诗歌醒了
重庆市北碚区，即将以特区的方式，迎来
又一个黎明了

蒋登科

西南大学教授，重庆市作家协会副主席、西南师范大学出版社副社长。

现实与历史

不就是傍晚出去，沿着街巷漫步吗
在这座叫北碚的江边小城
嘉陵江在身旁，缙云山在远处
但是，每一寸土地都有故事
每一棵树木都经历了岁月的风霜
每一步都踩着历史与文化
从科学到军事，从实业到艺术
从休闲到文学，历史的巷道好深……

靠近文学的时候
光线已然有些黯淡
凑得很近也难辨分明

缙云山

缙云山是充满诗意的山，
是巴山夜雨清洗的山，
是北温泉温暖的山，
是嘉陵江陪伴的山。

远观是一道绿色的屏障，
近看是一座森林的海洋。
我熟悉山间的曲折小径，
我听惯了林中的清风鸟鸣。

有人要我说出它的美丽，
我反而找不到合适的词语。
你可知道有寺庙叫相思的？
你可听说有水池叫黛湖的？
你可知道缙岭云霞的美名？
你可听说荒山野岭生长果树，
也生长著名的诗人？

我熟悉这座山，
天天呼吸它的空气，
时时享受它的诗意。
它已成为一种精神营养，
不时地送来生长的活力。

北碚正码头

盯着地图反复凝视北碚的疆域，
开着车跑遍了北碚的山山水水，
正码头怎么也担不起这个“正”字。
它在嘉陵江边，曾经棚屋林立，
泥泞的道路一直延伸到嘉陵江边。

北碚人就是喜欢这个名字，
每一个长者都能找到它的位置。
漫步嘉陵江畔，细细揣摩，
这背后定然有着美妙的故事。

正码头是北碚起源的地方，
往来的商船都在这里靠岸。
卢作孚受命来到这里，
描绘出现代城市的蓝图。
庙嘴、红楼、梧桐树、三角花园
让凌乱、肮脏、愚昧成为历史。
战争中沦陷的中国城市，
都可以在这里找到它们的名字：
北京路、天津路、上海路、南京路……

正码头的正不只是一个方位，
它是正直的正，正当的正，正义的正，
它是刚强，是坚守，是延续不断的血脉。

北碚正码头　秦廷富／摄

穿过西南大学的夜色

大风走过密密的树林，绿浪翻滚，但仲夏不落叶，地面干净，不沾杂尘，只是大地的高烧有些微退却。

青春泛滥的这些小路，此时安静得有些死寂。路灯孤零零地站着，只有扑灯的飞蛾在无效地劳作。监控的摄像头下，不是静静的茶花，就是过路的蚁群，抑或迷路的马蜂。

爬壁虎不是虎，守护着并不斑驳的砖墙，无心探问墙内的人究竟酷热还是清凉。黄葛兰泛出的香气，让闷热的夜空清爽了许多。有虫鸣，无鸟啼。

铁丝网的那一面，灯光明亮。来来往往的人们或疾走，或慢跑，或静坐在草坪，个个都汗流浃背。他们消耗多余的体力，说是在呵护生命，以及还未实现的梦想。

不管有梦无梦，这都是一个真实的仲夏之夜。

不管你喜欢还是不喜欢，明天依然有阳光。

西南大学中心图书馆　秦廷富 / 摄

歇马观荷

这是一片天然的池塘，在农民自家的土地上。

道路是粗糙的，是田间小路，狭窄，曲折，还长着些缀着小花的杂草。

雨水之后的脚印清晰可辨，每一步都可以踩到泥土之上。

不时有鸡鸣犬吠，蛙鼓虫吟，懒懒的蝉声犹如优美的和声。

不用挽马，徐行即可。

我是顶着烈日出发的，踩着杂草，循着香气，一路追风而来。

见到这片荷田已是黄昏，刺目的阳光依然穿透丛林，箭镞一般斜照在这片绿海之上。

荷叶泛光，荷花傲立。空气中弥漫着一股混杂的清香，荷香、叶香、草香，以及淡淡的炊烟香。

就是那一朵，白里透红，含苞欲放，傲然站立在荷叶之间，群花之中。

我本已走过暑气蒸腾的小径，还是折了回来，想再一次看看花开的模样，想再一次闻闻岁月的馨香。

是的，就是那一朵！与众不同的一朵！娇羞又矜持的一朵！似乎在微笑着呢喃自语的一朵！

歇马荷花　余梅／摄

应该感谢脚下的土地，还有阳光，空气。

不要指责淤泥，那里有最丰富的营养。

不要小瞧斗笠般的叶片，虽然颜色单一，但正是它们，接收了最多的阳光、雨露和空气。

这是不长莲藕的荷塘，不用扒开淤泥追根问底。

这是仲夏的黄昏，只需要关注亭亭玉立的花朵。

待到秋风至，叶枯枝残，花败絮凋，蝉去虫匿，大地必将失去生机和颜色。

我相信，那个最大的莲蓬就是曾经最娇美的那一朵。

莲籽泛香，莲心含苦，最懂得生长滋味的那一朵。

敬丹樱

《星星》诗刊编辑。

缙云山

无数次被忽视
那些在风声中簌簌落下的栾树叶子
落在这座山
和那座山
萧瑟是一样的，落寞也是

他蹲下来，拾起其中一枚
灯笼似的粉色蒴果，来不及褪尽的绿意
新鲜得
仿若无边的眷恋

他铺开搁置已久的信笺：
这日云淡风轻
极目远眺，狮子峰甚好，香炉峰甚好，
玉尖峰甚好
邂逅相思岩、舍身崖、黛湖、白云竹海
甚好

缙云小住，书桌前
他放下笔轻叹：风景颇多浪费，不甚好

一个人沿着温柔的字迹

读下去。云开雾散，她捻动复写纸般轻盈的蒴果

喃喃念及：

缙云山啊缙云山

金刚碑古镇

墨汁般滴落白纸
是哪一场夜雨。走进金刚碑古镇
沿墙上隽永的字迹轻吟
——君问归期未有期

楚河汉界，我们各自安好
错过青葱，又错过韶光。数算光阴里的误会
当你灯下苦读
我在一封长信里与谁红笺小字
——巴山夜雨涨秋池

那么多话涌上心头
也只是抬一抬无数次剪下灯芯的手
若你在身侧，我们念出的那句将于空气中相遇
——何当共剪西窗烛

题款利落，像落子不悔的棋局
多么希望洞悉一切的诗人穿越千年
给出恰好的答案
——却话巴山夜雨时

李钢

重庆市作家协会名誉副主席，全国文学奖获得者。

李钢

水土：人民的味道

一

假期翩然而至
在睡懒觉还是喝酒聚会之间
我的朋友们选择了驾车远行
而我文债缠身已有多时
枯坐在屋里，毫无构思
一个声音警告我
同志，这样下去是不行的

我起身踱步到窗前
看见外面多么好
阳光在诱惑，游客在爆满
机票在紧张，公路在拥堵
人们踊跃交换着各自的城乡
乐此不疲，浩浩荡荡
九百六十万平方公里的假期
千姿百态，分外妖娆

我果断号召自己
快离开这苍白的象牙塔吧
不要再绞尽脑汁搜索枯肠
拿起笔大步走出去

请扫码观看组诗朗诵
《碚城意象》

即刻走向社会
直接抄袭生活

二

只不过短短四十分钟后
我已在重庆北碚水土闲逛
啊，这里的人们多么热情
在事先不知道我要来的情况下
就把整座镇子打扫干净
还特意在镇旁配备了一条嘉陵江
然后，太可爱的然后
大部分镇民关闭好门窗
纷纷赶往别处凑热闹去了
把所有的街巷都留给我溜达
剩下来一些人
就坐在日子里观察我
也没怎么把我太当回事

虽然这低密度的旅行
我一时竟难以适应
但我喜欢空荡荡的地方
空空荡荡，适合摆放思想

水土老街　汪瑞 / 摄

我换上了一口带京腔的普通话
夹杂着许多老北京土音
本地人听不大明白的那一款
瞬间就找到了那种
那种那种
游子远行的错觉

接下来我发现
水土是座老镇而非古镇
太庆幸了
我的选择简直就是神来之笔
多年以来，我总是暗中佩服自己
我喜欢老镇
不喜欢古镇
因为现在
古镇多半是假的
而老镇全是真的
古镇多半是新的
而老镇全是旧的
古镇里流行的是表演
老镇里进行的是生活

真实的生活才是有味道的

普通人的生活

小人物的生活

有盐有味，有嚼头

水土镇的居民全都是小人物

长期以来我一直关注小人物

越是大时代，我越关注小人物

其实也没谁要求我关注

是我自己吃饱撑的

三

有一个人特别有意思

他站在四川仪表七厂的旧宿舍楼里

我看不见他的样子

只能听见他的声音

他一直用声音指挥着我

执意要我走到高坡上的老屋

绕过大屋顶的平房

去看看他们从前的礼堂

我能听出他的声音是激动的

透出骄傲，还有自豪

而那又是多么古老的一种情绪啊

我看到了礼堂

是一座很气派的建筑

石碑上刻着的居然是“人民大会堂”

并且是从右往左横排的

据我考证，它落成的时间

应该早于北京的那一座

从前在里面开过会的那些人

都已经老了吧

礼堂早已不用了，废了

门上的大铁锁锈掉了

墙边长满了荒草，树叶落了

坡基上的几棵黄葛树

根须裸露，纵横交错

紧紧地抓住石壁

组成了巨大的图案

我从不知道

黄葛树的根须这么漂亮

这么苍劲，这么有力

这么触目惊心

这就是那个声音拼命要我看到的

这就是小人物的历史

礼堂里曾经挤满过

小人物的青春

小人物的气息

小人物的真情实感

小人物的生命

时间何曾注视过他们

那是他们的念想

只有他们自己珍惜

声嘶力竭地要今天的人去看上一眼

我知道

其实只要一辆推土机开过去

这段历史就没了

小人物的念想也就断了

我们不要把它拆了吧

好吗

四

真是不好意思

但必须承认我来水土镇的初衷

我久闻这儿有个刘家米线特好吃

简直超过了城里最好的那一家

居然就因为这种平常的小吃
让我记住了水土
并且惦记着水土
并且驱车来到了水土

刘家米线不叫刘家米线
正式的名字叫什么望江楼
望江楼是一座破楼
门口立着一个汽油桶灶
看上去很有些年头了
不过确实靠着嘉陵江

据说该店只做一种三鲜米线
据说他们至今开张了四十年
我掐指一算，由此上溯到
哇！一九七九年
那是一个春天
有一位老人在中国的南海边画了一个圈

现在，老板脸上就堆满了那年春天
接着我亲自吃下一砂锅三鲜米线
果然此物名不虚传
小本的生意

新鲜的食材

足够的分量

上好的味道

我在里面吃出了老百姓的厚道

我边吃边想，不知为何想到了刘邦

他们姓刘的好厉害

上可以做皇帝

下可以当小贩

真可谓

登得庙堂

下得厨房

刘姓的江山坐了近四百年

刘家的米线传了三代

想到这里

我不禁对着老刘家祖孙仔细端详

然后心里说，嗯

他们还是继续卖米线吧

五

陈二妹是做发糕的

来此之前我并不知道陈二妹

下午见到了她和她的发糕
陈二妹的相貌就是水土人的相貌
打扮也不像城里的女孩
打扮成那样就做不了发糕了
因此她的发糕尤其地道
酷似八十年代我们单位食堂的产品

当年，我们食堂的发糕堪称一绝
颜色像巧克力
弹性像席梦思
口感像单位里的年轻女工
面上的点缀物像葡萄干和冬瓜糖
本来就是葡萄干和冬瓜糖

这样的发糕当然名动四方
方圆五十里的人都跑来套磁
设法搞到我们食堂的饭票
看见了发糕我想起了发糕
发糕仍如此，而人何以堪
情何以堪，口水何以堪
陈二妹一定是得了八十年代的真传

我站在店里
陈二妹被一堆人围着正在发愁

发糕少了，顾客多了

几笼屉的发糕完全不够分

陈二妹最后开口说

我看这样吧，大家都是乡里乡亲

还有外边来的人

先来的少买点，分一些给后到的

让每个人都有一份好不好

于是大家友情共享

多好的一番话，水平和高度

相当于我市官宣连续发布的提示

假日期间请市民错峰出行

为市外游客提供游览方便

展示我市市民良好形象

告别了陈二妹，我走在镇上

忽然想起

我曾在一本诗集的腰封上写下——

我经历过八十年代，我怀念它

六

其实米线做得再好

也就是米线的味道

而发糕做得再好吃
也就是发糕的味道
它们和小面包子花卷一样
遍布大街小巷，因为那是
普通的味道
民间的味道
人们熟悉的味道
它就是人民的味道
把这些做成又普通又好吃的味道
就是人民喜爱的味道

我一直迷恋着这种味道
在酒店开会
有时我会放弃丰盛的自助早餐
忍不住跑到街边小摊
去吃一碗豆浆，两根油条
有人为此嘲笑我不够高大上
我也嘲笑他们
天生就是人民的命
老他妈以为自己不是人民

最好的厨子照顾的是大众的口味
而不是让大众去将就他

更不会为了算计人民的口袋

把人民忽悠成贵族

企图让人民脱离人民自己

我假想

也曾有人去找过老刘家和陈二妹

要联合他们，借他们的名声

把生意做大做复杂做花哨做高级

幸好老刘家和陈二妹很明白

我就是个为大家做饭的

改了口味变了性质

大家就不理我了

他们坚守自己，不折腾

七

黄昏时分我走向嘉陵江

站在一九六〇年的战备码头上

码头两个字使我想起我的水兵岁月

战备这个词使我想起我的少年

正是因为这个词

我跟随父亲来到了重庆

大江滚滚流逝

不舍昼夜

这是水土的嘉陵江

我家附近也有嘉陵江

我几乎认识一整条嘉陵江

但是从今天起

我想认识嘉陵江的

每一滴水

李元胜

重庆市作家协会副主席，鲁迅文学奖获得者。

金刚碑

我是有时差的人
错过了你们，错过了绝大多数事物

就像把一块巨石掷进嘉陵江
让它弯曲，就像
你突然出现
光线经过你时发生弯曲

在同一条河，同一个时代
我们用不同的语法写着自己
获得了完全不同的
时间的弧度

百年前的煤，仍然由我转运着
通过你们看不见的船队
向着另一个世界

2019. 10. 04

请扫码观看组诗朗诵
《碚城意象》

毛边书，或缙云寺闻《九溪漫步》

午睡，在一本喜欢的书中
我拥有的空地边缘全是灌木
就像这本书，边缘全是毛边

九条溪水经过
就像九种命运，要在此刻经过我
只有一条突然欠起身来

它认出了我，缓缓地围着我旋转
以深山里的方式打量我
辨认着我身上的深潭和飞瀑

很久，它才离开
继续自己的旅行，惊讶于
我的木讷，我的无动于衷

我的木讷，是另外一种老泪滂沱
甚至更老，更滂沱
我已经有了
这么多的不敢相认

金刚碑古镇　陈远鸿／摄

唉，每一次相认

都让我们各自的旅程中断

像这条溪水，退出这本书

退出空地，退出灌木

回到各自挣扎已久的宿命中

2019.10.04

林雪

辽宁省作家协会副主席，辽宁省作家协会诗歌委员会主任，鲁迅文学奖获得者、评委。

林雪

北碚正码头

"只有北碚才是正码头
其他河岸的码头都是副的"
老纤夫此语一出，庙嘴岩
火链石边沿那些花儿
在一阵风中纷纷向他倾倒
连一路湍急到石梁的嘉陵江
也转身停住点赞
赞他自信和自觉的地方性
为了表示英雄所见略同
我也大拇指朝上，接住其中
一朵浪花。历史的活塞和齿轮
不只有酷酷的铁律
也有打开菜单的温柔方式
仪态万方的方比万还多一点
包含了多少古旧情意？
我不止对一个人说起白鱼石
说她宁可不成岛、不做礁
只独守一个寂寞碚名。说她不跃龙门
不羡鲲鹏那教科书般的展翅一举
只接水气地气人气
独自躬身在江心
不止对一人说白鱼石是草根之石
还有丰富的人民性。看那碚场
有首都和一线超大特大城市命名的

请扫码观看组诗朗诵
《碚城意象》

北京路、上海路、天津路、南京路、广州路
也有以属五六线挺大或不大城市
命名的朝阳路
这是北碚丰富人民性的又一种内涵
众生在大大小小的路上往来、行走、生息
小鸟在白鱼石纤凹和篙洞里做窝
“莫要小看那些凹和洞吆，那可是从前
纤夫们拉船的安稳
是纤夫的心头恨、脚下跟、身上命……”
北碚正码头一位早已歇手的纤夫之歌
并不只为我一人而唱
他不知自己是时代里少有的灵魂歌手
只一首接一首，把人们的双眼
唱红、烫伤

去缙云山的11种方式

从沈阳到缙云山有2427公里
飞机票紧俏。16个航班。10天后的
余票是红字。显示还剩3张
火车有三次。票已售罄，但无座有票
摩托车有禁行路段，无法避开
几次提醒再不点击“我知道了”
页面即将跳转，系统似乎比我着急
这令我好感倍增。
3122公里又48小时是货车旅程
我不知道为何独对大货车慷慨：
“装好货物，我们就愉快地出发吧！”
如此殷勤，令我妒忌并怀疑
在物流公司有股份
客车没有合适方案，骑行或步行
因路程遥远，“建议采用其他方式”
这款中性语气，没有感情色彩
在打车方式上有迫切之嫌
是经济型舒适型商务型豪华型
关乎实力，选现在打还是预约打？
关乎你心情。我的迫切指数是5
碾压了系统的最高级别。
曹操新能源6437元。
首汽约车要9563元。
页面上有醒目的“立即打车”按钮

我要有多大的定力才不会按下
而是去数行政地图上从东北到西南的区域
先有一个粗暴的大五环：河北，天津，山西
陕西，重庆，再有一个略分化的 10 环
阜新，锦州，朝阳，承德，北京，天津
石家庄，西安，广安，重庆
按 20 环规划，需加上辽阳，盘锦，晋中，洪洞
侯马，临汾……可我想要的是 50 环、100 环
甚至 200 环也不是不可以。我要做一根细针
闪闪发亮，在往昔与现实之间一环一环
一环一环地缝出记忆

此前无数早到者有自己的针法
大手笔缝出底色，小手笔缝出里面
这是去缙云山的第 11 种方式
此时目的地成了中介，在往昔与现实之间
加了一个标点：为去一个伟大的城市
值得丢掉所有传统的交通工具，为从来没
到过的地方、从没真正踏上的街道
第 200 次文身般镌刻
第 200 次虚构和记牢

在夏坝听歌

一切诚念终可相遇
此时河流如镜，一只无形的手
用最好的水纹绣着波浪丝巾
有绿孔雀飞来礁岛加冕
在夏坝，这古老的唱针日夜不停
摩挲江水自带流量的磁盘
从温塘峡不稳定音
唱到石梁大调
再唱到风景城升级
唱到飞蛾山和声
又从西北面缙云九峰
唱到东南角的金剑山岭
“如今我徘徊在嘉陵江上
我仿佛闻到故乡泥土的芳香……”
重要的一幕出现了
北碚大地出现了新音阶
出现了诗歌中的叠句
河岸上集起的团雾和轻烟
已变不回传说中那著词者的身影

嘉陵江温塘峡　秦廷富／摄

通往北碚小道上一株中国榕树

——献给北碚的孩子们

一群来东阳镇参观抗战文化旧址的孩子
接下来在雨中做植物考察
像一片五彩蘑菇突然破土
那个领队的小男孩若有所思
他的身体里已泊着一个复旦大学
住进一个朦胧的雅舍
会慢慢长出新的花房子和夏坝

他和我主动握手，力道里
有一种少年仪式的庄重感
他眼亮如水，正大声向人们宣布
“我们在寻找 70 年前，通往重庆以北的
北碚的小道上的一株中国榕！”
他两条眉毛椭圆如一对榕树叶
高举起的黝黑胳膊
与榕树新发的气根神似
他们与我不期而遇
我接过一份《寻树声明》，被催促着
读，快读吧。多好的一次科普课啊
榕树，绿色，身高 30 米以上
“是个可爱的绿巨人！”从印度
从马来西亚移民来重庆，在林中、
村边和路旁生长，“在我们北碚安家

活成了中国树种”，此刻亮眼睛
还加重着语气：“它还是一棵
来自北温泉的北碚榕……”

这株走失了 70 多年的树爷爷啊
能藏身何处？它被英国科学家李约瑟发现
站在《中国科学技术史》（第六卷）中
那张著名的黑白照片上
是否孤独？他的同学们早已做足功课
开始发言。一个孩子说它曾在《水经注》里
被记载，可能在江水流过迳阳关后的黄葛峡无
言壁立
另一个说，它可能在缙云山夜雨中
低声询问过游子归期
我说，也许它曾站在正码头渡口
见证那渔夫回头一望、肉身化石、成碚
亮眼睛接着说它还可能驻守歇马天马村
大磨滩瀑布石洞外，为游人们搭台做桥

收起记事本、笔、尺、植物标本夹
孩子们打开了水和食物
“这是我们的第一期、第一个有榕树的地点
每期不同线路，选不同的从重庆至北碚的小道

榕树不只有经典的存在
它还是普通的，与家乡的人民呼吸与共……”
我离开时，年轻的女教师开始总结

他们并没有找到李约瑟所说的那株榕树
但是，孩子们——请继续找下去
为寻找一棵有故事的榕树而来
找到不同季节不同的北碚
找到旧时代的宿敌和新世纪的盟友
他们会因此找到生活和自己
找到一棵榕树里包含的无数

黄葛树之歌

你生于泥土，塑于风霜，再被四季打磨
这是黄葛树的原动力
植物学里你虽有所属
荨麻目，桑科，榕属
但在北碚山水里，你是
生态大会上终生的首席代言人
你生于渝，长于碚
在故乡扎下根须的种锚
是一个坚定的本土主义者
同时有不可移动的地方性
你也是流动的开放的世界的
你有奔向远方的马达和诗

长在重庆梯级大地上
你发育出黄葛族类的神经血管
和心灵腹地，你也有自己的秘密哀愁
有繁衍的强大和性感
你是岸岩上的交响曲
在城市和乡村的堡坎上
你是一根根支撑城市的骨头
你如严肃的公民一样挺拔
牵动庙堂的神经，也在烟火中
儿女情长，上演世俗悲喜

和平的星辰抚慰过你
战争的炮弹炸毁过你
你枝条里融合着佛道两教
随四季转动的禅宗和哲学
有风吹来，有江水流过
树干不动，叶子用一个个涡流
传成记忆之树
而地貌从来不单是地貌
你还成了一个个寓言
为一个城市的人文
塑形出灵性之书

刘萱

西藏自治区政府原副秘书长、新闻发言人。西藏“雪域萱歌”微信公众平台创办人。

嘉陵江中石

你总是让日月朗照的北碚在浪涛中若隐若现。

你是凝固的江风，还是记忆的肋骨？沧桑蹚过你的坚韧，日月踩过你的孤独，卢作孚的目光打磨过你的凄冷，如今，在你冰凉的肌肤上，烈日仍然炙烤着一段又一段呻吟的年轮。

我一直在聆听。

脚印便是牙印，宁静是你的丰满。当我再次走近你，昔日的浊浪正拍岸那些闲散的正午。

挺立起来吧，你这躺了万年的金刀峡！

一个声音在回荡。

巴山夜雨

那一天，一个千年的徘徊在吴道子的画卷中游历，画风在温塘峡被永不沉没的艳阳悠久地照耀。

忽听得，嘉陵江边拉纤的汉子喊出滴血的残阳，号子声由远而近。极目眺望，这人世间的别离，却总是由近而远，直到失声。

游进梦境的巴山啊，为何游不出亿年前碰落的那一场

天上的夜雨？

……

缙云春雪　王飞 / 摄

缙云山　狮子峰

你一直在斜阳中涂抹我不愿离去的青春，翠绿
而不娇嫩。
那一年，雪后的缙云山。
那一月，喘息的黄昏雾。
那一夜，诗句摔倒在烛光中……
当黄葛树香气四溢的时候，山顶葱茏的时辰
挂满星星滴落的忧愁。
你的魂灵一直在沿阶而上
……

2019.10

陆健

中国传媒大学教授。

金刀峡

金刀在金刚碑旁
就着嘉陵江水锻造，磨洗

小试，华蓥山砉然
峡谷十里现身
刀锋惊醒时光的一次次风雪

雨后虹霓，拔地而起
立斩世间妖孽于月圆之夜

凝熔山城之精气
刀柄隐显，等候勇士，或游人
把宋词裁为上阕与下阕

一缕阳光透山涧（金刀峡）　赵魁／摄

巴山夜雨诗

航班的头部向着秋池
机舱中屏幕显示重庆无雨
舷窗下隐约可见李商隐
经长安而秦岭负笈西行
一千里一万里只为一首诗

由此我倍觉对不住古人

在北碚的洛阳桥回望
另一座洛阳桥
千山万壑奔来笔端

经黛湖而鉴湖映出
王维李白的背影飘飘飞雪
而八角井蘸墨满坡青翠

我跟随你由狮子峰头顶
而拜香炉
而翻过缙云山就到唐朝

请扫码观看组诗朗诵
《碚城意象》

白鱼石

一条鱼卧于嘉陵江的湍急
我看见一个人，一种牺牲
——替代了我们的牺牲
鱼的鳞片，鱼唇吃力的呼吸
它所有的鳍，鱼骨，清晰

这条鱼说：中国的江，必须
有中国的轮船行驶，游弋
它终于看到了，看到
一座城市——揾英雄泪

我要在心里为它修一座塔
设一个纪念日。我要在心里
把白鱼石称为作孚石

碚石（白鱼石） 刘娅 / 摄

一盘棋的传奇

故事发生在 1943 年北碚蔡锷路 24 号老舍寓所。

几天前，博弈进入僵持
几天前，棋罐中
丢失了十一枚棋子

而执黑先行的日寇，仿佛还在
棋局对面磨着凶恶的牙齿

上海，沦陷；南京，失守
将士在流血
宜昌，阻断；粮草，打劫
白棋岌岌可危

混入了沙土的稻米尚不能果腹
老鼠都饿绿了眼吱吱叫着岁月
这场分晓未见的拼杀
这盘棋局，犹热未冷

但驱逐强敌之力量在白棋这边
共赴国难之气概、前途
却已在白龙这边

今日敌机又在天空张贴膏药
撒野，像歇斯底里的疯子
大地被犁破，房屋晃摇

篾条编制的顶棚豁然开裂

炸弹般的七枚黑子，掉落
四颗白子，寓言般随之压下
在棋盘的战阵中

黑棋完败，白棋惨胜

2019.09.27，写于重庆北碚

吕进

西南大学教授，重庆市文联荣誉主席，全国文学奖评委、鲁迅文学奖评委。

吕进

北碚（外一首）

是时候了，我要写一首诗
因为在这里，诗歌到处都在生长
碧绿的小城，重庆优雅的后花园
我的笔尖已经蘸满阳光

我的诗句从濮人的长矛走来
越过卢作孚故居，跨过抗战篇章
我的诗句，染满缙云山的多情
沿着嘉陵江水唱着远方

啊，我的八十万亲人
北碚将在我的诗里不朽
啊，七百五十五平方公里的土地
我的诗也将和你一起辉煌

缙云远眺　秦廷富／摄

胜天湖　王飞 / 摄

狮子峰

没有听过哗哗的松涛
你就不算真正登过缙云山
狮子峰周边高高的松林
山风吹来，仿佛有大海在头上高悬
松涛像一峰接一峰的波浪
又像千军万马的阵阵呐喊

而流动的温柔的云朵
又轻轻地在腰间缠绵
无言的依偎，无声的呢喃
像浓雾，又像轻烟
这是尘世，还是梦境？
我是凡人，还是神仙？

那位未知归期的诗人
当然看不到今天美貌的巴山
但是今天的狮子峰
却曾看见过那场夜雨
看见在万籁俱静的缙云山
秋池里越涨越高的思念

狮子峰　明俊雄 / 摄

请扫码观看诗朗诵
《狮子峰》

毛翰

诗人，词作家，历任西南大学、华侨大学教授。

毛翰

巴山夜雨北碚情

就为那一座山的无言，
就为那一夜雨的无眠，
秋已深，岁已晚，游子不知归，
就为那一首诗的缠绵。

嘉陵江，缙云山，
江山之约多少年，
有一位诗人在云中卧，
巴山夜雨，是谁的名片？

就为那一朵云的红颜，

就为那一池水的媚眼，

秋已深，人未老，他乡做故乡，

就为那一城诗的浪漫。

嘉陵江，缙云山，

江山之约到永远，

风尘仆仆天下客，

温泉故里，是谁的家园？

重庆两江新区水土高新技术产业园　刘德良／摄

自在北碚

云自在，月自在，
自在巴山夜雨来。
一诗一泉一座城，
一城古典，一城现代。

山自在，水自在，
自在北碚我的爱。
一江一山一座城，
一城现代，一城未来。

天自在，人自在，
自在天人踏歌来。
君问北碚在何方？
时尚之都，红尘之外。

请扫码观看诗朗诵
《自在北碚》

中国作家协会全委会委员，甘肃省文联副主席，鲁迅文学奖获得者。

娜夜

来自缙云山的邀请函

唯有自然不会让你失望
唯有自然

来吧　带着你血液里的大漠孤烟
和你身体里那个在沙漠上种下树
的九个笔画
每天去浇水的小女孩

带上敦煌就要干枯的月牙泉
和玛曲草原把湖叫做水镜子的拉姆奶奶
她笑起来多么美：
活着心地洁白
死后骨头洁白

来吧　带着你永不疲倦的诗人之心
试着叙述你看到的　体验到的　为之动情
和失去的……

书房里　你的眼睛老花得越来越厉害了
一些字开始模糊
一些已经消失
你的阅读变得艰难了

在书房里丢失的会在草丛中找到……来吧
自然比社会好看多了

请扫码观看诗朗诵
《来自缙云山的邀请函》

在老舍旧居看云

云朵自在

我一脸阳光

呼吸均匀　舒畅

一朵云曾经是一把小提琴？

两只发烫的就要自燃的鼓棒？

八岁的小女孩在广场被挤丢的一只花布鞋？

——我陷入回忆　天空准备着明天的日出

嘉陵江薄雾

嘉陵江薄雾
牵着一只小狗散步的女人
是欢喜的
狗的忠诚
似乎愈合了人的伤口里
永不结痂的哀怨叹息

江水缓慢
青山隐约
当她和小狗一起奔跑
腰肢柔软
双乳含烟
远近的黄昏都慢了下来

吴传玖

西藏军区原副政治委员、少将，《中国诗界》主编。

缙云诗絮

盘古开天辟地的时候
大地撬动了一个奇迹
一脉山　腾云驾雾
拍打着嘉陵江的浪花
晕开了山河的魅力
绘画出壮美的巴渝仙景
巍然耸立

她的名字叫巴山叫缙云……
从此　千姿百态的风儿雨儿
呼天应地……鸟儿飞来投林
花儿怒放仙姿……
银泉飞瀑　伴着虫儿鱼儿的呢喃……
蜂儿蝶儿　牛儿羊儿以及所有生态的笑颜　蜂拥而至……

鸟语花香　九峰巍巍
佛音袅袅　链接着碧水蓝天
泉水叮咚　伴随一个个鲜活生动的生命单元
日出而作　日落而息
原汁原味的原生态……

有小家碧玉般的清秀……
有大家闺秀般的绰约……

亦有雄姿英发的倜傥风流……
在千万年衍变的风云中　一次次　换了旧貌　变了新颜
扬名巴山蜀水　扬名天上人间

盛唐　蜀人陈子昂的佳句
与缙云山结下了奇缘
从此缙云山披上了诗的彩霞
熠熠生辉……
加持了诗的灵光　弥漫着诗的芬芳……
五光十色生态万物与非凡的金嘎子儿（知了）……
偕古往今来的文人骚客
与子昂　李白　商隐　尔鉴　沫若……一起把酒共吟
纵情巴山夜雨　日月星辰……

曼妙的诗词歌赋　为缙云抒情
灵动的巴山神韵　让人痴迷
风姿绰约　诗意流淌的诗山啊
怀豁达气度　揣仁爱情怀……
背靠着唐诗宋词的胸膛
带着烟雨的迷蒙　风度翩翩而来
从古走到今　已盛名一千多年……
虽早已物是人非　仍是弦歌不断诗韵缠绵……

山还是那座山　云蒸霞蔚

云还是那片云　飘逸悠然

一座中华诗山　小径通幽

又车水马龙　诗乐交响

诗心徜徉　诗酒酣畅

醉了巴渝　醉了嘉陵

醉了缙云山……

烟雨缙云山　秦廷富／摄

历史的天空明净如洗……

——写在重庆北碚卢作孚纪念馆

气节　意志　力量

这是一幅油画的写意

画中　一位气宇轩昂的先生卢作孚

就如同“民族的脊梁”这幅油画的命名

虽身处大后方的陪都

却义无反顾担当起抗战救国的责任……

以东方战场上的敦刻尔克式大撤退

血写一个关乎民族危亡的国家命题

迸发出民生轮汽笛悲壮而持久的长鸣

犹如发出中华民族最后的吼声……

在前线已然沦陷的吾国吾土

大后方的北碚城就有一条

同名同姓的道路被神圣命名……

镌刻如同作孚挺直的脊梁……还有

锋利的刀刃与

殷红的血……

这座城　有一颗诗歌的大脑

诗歌之城

是巴渝之北

这座名城的

金字招牌……

因为这座城市

有一颗诗歌的大脑

这颗大脑

已经横空出世三十三年了

这颗大脑

就在这座城

这所号称西南大学的大学

就在这所大学的新诗所

就在新诗所

一代代诗研人

吕进先生

就是这颗大脑的大脑

先生说

新诗都走过近七十年了

要有一个专门机构来研究

于是这颗大脑横空出世了

长大了强壮了并一路意气风发成就非凡

这颗大脑

是诗歌的大脑

与诗歌与诗人心手相牵情感相连

与时俱进创新前沿

桃李天下博学古今中外……

这颗大脑

是诗歌的大脑

引领诗言志贴近生活

走向大众融入新时代

赋予了北碚这座城

诗歌的品质

永远闪烁诗歌名城的光彩……

卢作孚纪念馆　北碚博物馆供图

诗话北碚城

北碚好个城
嘉陵寄深情
江中有碚石
传奇成城名

北碚好个城
有山又有水
山是缙云山
水是温泉水

北碚好个城
有诗赋精灵
巴山夜雨情
金刀峡月明

北碚好个城
有名更出名
作孚建城史
楷模全中国

北碚好个城

名扬重庆城

三千名流聚

涵盖教科文

北碚好个城

抗战建奇勋

民生汽笛鸣

救亡图国存

北碚好个城

新国[1]又新兴

辉煌七十载

面貌日日新

北碚好个城

诗名万家名

诗香伴花香

诗城多诗情

2019年09月27日写于重庆北碚缙云诗会

---

① 新国即新中国。

八桥叠翠　赵魁／摄

飞天，在远古……

天地玄黄　宇宙洪荒

当恐龙爬行把持着大地的时候

翼龙就已展翅翱翔

成就飞天的梦想……

当恐龙与翼龙一起灭绝　飞鸟

飞向天空的时候

已是到了 7000 万年后了……

我们终于再次回到远古

我们结识了飞天的翼龙

我们情不自禁向这位

远古的飞天创始者致敬……

……

义海

著名双语诗人，江苏盐城师范学院教授。

北碚的碚

虽然一万年都没有能把它融化掉
但它有一颗柔软的心
柔软到已经成为水的一部分
水靠在它的肩上
它躺在水的怀里

其实，它就是一滴水
嘉陵江中的一滴坚硬的水

水已流走
它却留下
留下，看风吹过
看孩子长大
看一座城破土、发芽、开花

它看到了卢作孚
它看到了梁实秋
它看到了老舍
它看到了已经没有心跳的张自忠将军
在
这
里
上
岸

请扫码观看诗朗诵
《北碚的碚》

多少人到江边看它
它在江边阅尽人间
它看世界
它看花开花谢
它看阴晴圆缺
但它就是不说话

当夏天的洪水把它淹没
孩子们担心江水把它带走
当洪水退去
它还在原地

最好的石头
是水的一部分
最好的水
让石头变得温柔

江在
碚在

水在
碚在

水走

碚不走

北碚在北

碚在北碚

碚在北碚在

北碚在碚在

时间已经流走

月色却留下

岁月已经流走

被历史成为碚的它却留下

留下并成为这座城

最谦卑最忠实最可信靠的守望

2019 年 10 月 3 日　星期四　凌晨　北碚归来

黛湖

这被山高高举起的水
在丛林深处
独自妩媚

她是那么安静
安静得
像回到了五百年前

其实，她每天都在唱
特别是在夜深人静的时候
只是我们听不见

她唱完了月亮唱星星
她唱完了星星唱白云
唱一片乌桕叶子落上她的面庞

只有水边的小草在听
只有水边的玉兰在听
听她柔软的音调，用微风做的歌词

她的歌声很轻，很静

我们的脚步声太快，太响

听吧，人子——把你的耳朵贴近她的面颊

这被山高高地举起的水

就这样被树林悄悄地藏着

就像珍藏一面柔软的镜子

这被山高高举起的水

就是这样被山宠爱着

山用有力的手臂把她抱在怀里

谁也不知道多少年了

缙云山就这样把她抱着

并告诉路人：这是我的女儿

2019 年 9 月 27 日　星期五　夜　在北碚

在飘零巷邂逅诗人林雪

飘零巷

在哪里

飘零巷

在北碚

在北碚的金刚碑

在石头的交响乐里独自悠扬

在秋风中被嘉陵江的涛声修饰

修饰得格外婉约格外陈旧

旧时的温情和广柑落地的声音

都清晰刻在斑驳的墙上

傍晚的阳光从巷子的这头

一直走到巷子的那头

在巷子的那头

一个叫林雪的诗人独自伫立

我问她，你为什么叫林雪

她说，她的家乡冬天到处都是雪

我问她，那你为什么到

这个没有雪的地方来

她说，这里有个飘零巷

巷子里有很多故事

有故事的地方就有雪

她说，顺着石阶走下去
就是那年秋天被李商隐写过的嘉陵江
遇见了水，你就可以到很远的地方

她说，你看那些石阶
当年，人在这里上船
煤从这里上岸……

阳光终于消失在巷子的尽头
她白色的长裙显得格外的白
就像她家乡被小树捧在手上的雪

而我
该怎样穿过飘零巷
继续我的飘零

2019 年 9 月 27 日　星期五　深夜　在北碚

北温泉

因为大地有一颗滚烫的心

人间才会这么温暖

这来自泥土的温暖

这来自大地深处的温暖

这穿越了大地母亲血管的温暖

让一座城即使在冬天也不寒冷

2019 年 9 月 27 日　星期五　深夜　在北碚

五龙泉壁　明俊雄 / 摄

金刀峡

是谁在大地上

砍下这一刀

——伤口竟如此壮美

2019 年 9 月 27 日　星期五　深夜　在北碚

金果园里的傅天琳

你在金果园里写诗
写着写着
被别人写进了诗里

春天是一首诗
秋天就必须是另一首诗
还有早晨和黄昏
还有里面藏着太阳的露珠
还有从树上落下的梨花
有的落在你的身上
有的被青草轻轻接住

桃树是一种心情
苹果树就必须是另一种心情

那天下午
一只苹果被一只小鸟啄伤
你抚摸着苹果的伤口
但你却不肯责备小鸟

你在金果园里写诗
写着写着全被小鸟偷看了
清晨，小鸟们在枝头唱
吵醒了你的同事阿巧：

这不是她昨天下午写的诗吗？

一年又一年

你在树下写诗

树在你头顶上

写桃子

写梨子

写苹果

写橘子

它们去了很远很远的地方

你却走进了诗人的诗篇里

2019 年 9 月 27 日　星期五　深夜　在北碚

浪漫金果园　吴祥鸿 / 摄

桃花山

想当年
乘船
过江
去看桃花

落了一身的桃花
被同学笑了一个晚上

桃花山下桃花村
桃花村里桃花香
有花隔江
总让人产生遐想

乘船
过江
看花
把烦恼留在此岸
看桃花把山头染得粉红

那么多的妹妹是在风中啊
风中的那么多妹妹个个粉红
真看不清
哪个更粉
哪个更红

乘船

过江

为的是能看她一眼

春天比时间过得更快

而她只是坐在分针上唱

当她的歌声在江水中消失

谁会独自伫立在江之尾?

2019 年 9 月 27 日　星期五　深夜　在北碚

雅舍
——北碚梨园村18号

山上是月亮屋
山下是月亮田
山坡上是月光
月光下是雅舍

雅舍前有黄葛树
雅舍便更叫雅舍
斑驳的树影
映在茶杯中
让茶更押韵

黄昏时分
茶香醒来

茶叶在水中犹豫
有如文字在推敲

月亮还在山的那一边
黄葛树下一片宁静
慢慢地、细细地品
品出杯中碧绿的春天

走下数三十九级台阶是世界
走上数三十九级台阶是精舍

地偏不孤

有月就好

山吐月色

台阶一一接住

再小的房子

也能装下月光

再远的远方

也不是远方

因为，你在梦中走得更远

因为，你在纸上走得更远

当月光穿过黄葛树

山坡上的一座小房子

通体透明，其实

就算是月黑风高

只要心里装着月光

文字就格外晶莹

2019 年 10 月 2 日　星期三　夜　北碚归来

郁葱

河北省作家协会副主席，
鲁迅文学奖获得者。

秋夜的缙云山

入夜，这千年名山就隐去了，
大隐，隐于山林，
那时，有点点灯火不是为了照耀，
而是让人觉得，天无论多暗，
依旧会有光亮。

缙云入夜。那嶙峋那浩瀚内在而超然，
无语，无欲，不急，不缓，
你甚至感受不到它的一丝动态。
也许它峥嵘，也许它黯然，
绿意一扫，万千气象皆已覆盖。

你无论如何不知道它的重量，
你只能感受它的内涵，
有一段难了的心事，
看到它，就放下了，
那样的容量，什么样的苦乐和悲喜都是微尘。

夜缙云。看不到它的姿容，
但暗夜里它的轮廓一直之北之南，
有风声，寂静的风声，
也有树和草的声音，
在天亮之前，那些阔叶树像曾经在世的人的灵魂和影子。

请扫码观看诗朗诵
《秋夜的缙云山》

夜缙云，我觉得你依然是亿年前的海，
——潮涨潮落，从容进退，
温润内敛，南岸北河，
那些经历也茂密也充满着皱褶，
但你总归是川渝大地无与伦比的隆起。

2019 年的一个秋日，我站在你的脚下，
更觉得自己的微不足道，
世事繁华，掩不去红尘的浮泛，
融在缙云山的夜里，突然觉得，
微弱，是一种幸运。
喧闹的，往往是浮浅的，
在秋夜的缙云山，我不再作声。

夜缙云，多少寒凉冷暖，
依旧在表里之间，
在人神之间，
在爱恨之间，
在天地之间。

2019. 09. 27

霞映碚城　谭红钢 / 摄

秋夜的嘉陵江

——与傅天琳、娜夜、蒋登科夜读嘉陵江

嘉陵江沿岸有两种颜色，
绿色和金色，
那两种颜色中，
有无以言说的人生起伏。

嘉陵江横穿北碚，
2019 年 9 月的一个秋夜，
那天晚上没有涛声，
江水平缓，一如两岸平缓的世人和世事。

这时的嘉陵江也许不像这条江，
他平和超然，出奇地从容，
沿岸的一盏灯火和另一盏灯火没有什么不同，
仙境在江中，人间在岸上。

嘉陵江沿岸。
人们静如止水，心若青铜，
平日里，他不知道默默流走了多少光阴，
人们一代代出生、长大、老去，
在阴晴里，在悲欢里……

草枯了，明年再长，
火熄了，瞬间重燃，

嘉陵江的坦荡是出了名的，
什么时候他失态过，没有，
什么时候他轻浮过，没有，
也许有很脆弱的夜晚，
但沿岸的人声不断灯火不断，
嘉陵江的水，就不断！

有久长的叙事与抒情，有忘却和记忆，
夜笼罩着嘉陵江油画般的身体，
爱你的时候，
我从年长竟然又重新长成了孩子。

天人兴盛，鸡鸣长啼，
嘉陵江沿岸对于一些人是景致，
而对于今夜的我们，他是神灵。
经常想起一些恒久的事物，
它成为嘉陵江沿岸的树木、河流和土地。

已经过去的和即将发生的，
都会在嘉陵江的淌动中流逝，
我们终将沉默，
而嘉陵江，依旧无限、无言、无尽，
并且永不止息。

张德明

岭南师范学院文学与传媒学院副院长、教授，南方诗歌研究中心主任。

花房子

北碚的花房子，坐落在城郊一角
我们须穿过一幢大楼
才能来到它的身边

穿过楼道时，傅天琳告诉我
这曾经是一座疗养院
她年轻时生病，在这儿住过一段时间
旁边的花房子，是她常去的地方

听导游解说，花房子曾经的主人梁漱溟
四十年代，在这里住过两年
写出了著名的《中国文化要义》
我在空荡的房间里穿行
没有找到昔日楼主的遗物
只听到砖石缝间低微的虫吟
似乎呢喃着历史的风云

走出花房子，我看见一群诗人
举着相机给傅天琳拍照
她斜立墙边，双手轻牵着藤蔓
那少女时代的风采
赫然映现在我们眼前

在缙云山

李商隐吟咏过的巴山，就在我面前
山路悠长，从大唐一路延伸过来
带着近体诗的节奏与韵味
将碚城的历史和现在，悄然连接
蓊郁树林，漫披着云雾的纱巾
缙云寺的钟声，在林间悠然回荡

我知道晨光每天会叫醒，山间的雀鸟
让它们啁啾出清爽的时日
牵引客人的游兴一路向前
我知道夜雨会是这里的常客
淅沥是缙云宵分的主调
秋池水一再涨满了怀远的乡思

记不清多少次登临缙云山了
但巴山的风月总是百看不厌
每次与它重逢，都有初相遇的新鲜
今天同一群诗人前来
更有雨后春笋般的新奇和快慰
在缙云的山道上漫步
鸟鸣如花，清空滴翠
一种初恋的喜悦，在我内心激荡

缙云诗会

吕进老师邀约我参加的缙云诗会
一下子来了八九个获得鲁迅文学奖的
当代优秀诗人
我同他们几乎都有交情
那是因为诗歌让我们结下了缘分

郁葱主编《诗神》时，我在那里发过诗作
这是在九十年代初，我第一次登上省级刊物
在临汾某宾馆，我与曹宇翔一同参加
安泽县的百名作家采风
因此“同居”了两天，相谈甚欢
在去年的安徽紫蓬诗歌节
我遇到了老诗人张新泉
鹤发童颜，发言的话语铿锵有力
我同娜夜、林雪在多次诗歌活动中相聚
她们的诗作，也屡屡成为我评论的典型例证
傅天琳和李元胜，重庆诗坛的两面旗帜
在新诗所读研时，我就与他们相识
黄亚洲是新诗所的常客
我们自然早就熟知他的大名

缙云诗会有特别之处
并不只是邀约诗人来观光采风
而是赏景之余，让大家坐下来

为北碚的旅游文化发展建言献策
在北温泉的会议室
才情满怀的诗人济济一堂
纷纷讲述自己的北碚旅游远景
娜夜说北碚应拥有空灵和曼妙的情态
让人生出不尽的遐想和品味
林雪说旅游地的最高境界是
渴望来，不愿走，总回味
有风景有文化的北碚，应该朝此努力
黄亚洲希望北碚建成“中国诗歌特区”
郁葱说，北碚应该设计自己独特的旅游纪念品
让游客能捎带上微型的风景，满怀的记忆
发光的新见如同秋池涨水，诗人的头脑风暴
在北碚的夜里，吹刮出十几级智慧的台风

轮到我发言，讨论已进入尾声
时间紧迫，我选择直奔主题
谈到了三点建议
一是要擦亮“诗意北碚”这一文化名片
古有李商隐，今有新诗所
诗歌始终是这里的文化最强音
二是要把散落四处的风景
用一个响亮的符号串起来
让他们拥有充满视觉和听觉冲击的闪光的名字

能撩发祖国各地游客到此观览的如火欲望
三是变临时的、偶然的缙云诗会
为定期的、常态化的缙云山诗歌节
让诗歌文化，每年都在北碚大地奏出和弦

我一向把人分作两类：有诗意的和无诗意的
两个多小时的讨论会，北碚区领导
一直静坐在诗人对面，静静倾听诗人的发言
他们会心微笑，认真记录
生怕遗漏了一个好点子
看得出，他们其实都是诗人
诗意的光彩，在他们脸上不断闪现
他们选取李商隐的“巴山夜雨”
作为本次论坛的主题
正是胸怀满腔诗情的具体彰显
在缙云诗会的论坛，我清楚地意识到，
神奇的唐时明月
正在将北碚浓浓的现代诗意，默默照亮

2019 年 9 月 30 日　南方诗歌研究中心

张新泉

《星星》诗刊原常务副主编，鲁迅文学奖获得者。

张新泉——北碚诗草（四首）

缙云山之秋

许多花是自己忍不住
当着游客，一点点把自己打开的
许多姹紫嫣红，是被风，一层层，涂上去的
许多游人游着游着就飞了起来
和许多风筝，称兄道弟

谁看见一撮土在动，在蓬松
就知道有蚯蚓在下面跳舞
谁听见蜂儿嗡嗡，谁就已经
尝到了蜜……

缙云山是所大学校

上午才入学的老迈与沧桑

下午已变身童男，少女

这个季节出生的娃有福了

跨出娘胎，就可以直接跑进

童话里去……

秋夜缙云山　北碚区摄影家协会供图

雅舍，梁实秋纪念馆

从“蚊风很盛”的字行间
跑出来的一只蚊子
礼貌地叮了我一下
斯时，我正与先生合影
听见它对主人耳语：
此人血咸，茧厚
身上创口已结痂
一个打铁拉船的，竟然读过
你翻译的《莎士比亚》

老舍旧居

听说我们要来拜访
昨晚才从北京太平湖
回来，衣上留着水迹
他推心置腹地对我说
《四世同堂》已老旧
《茶馆》太嘈杂，光怪陆离
值得看的，是石缸和菜畦里
我从太平湖带回的
蝌蚪，涟漪，和
比人更干净的淤泥……

老舍旧居（四世同堂纪念馆） 北碚区摄影家协会供图

回声

对着大山喊某人的名字
纵无应答，声音也会被保存
如同 28 年前，傅天琳带路
刘祖慈和我，对着缙云山
放肆地喊她的名字（在果园
种植了 19 年的名字）
28 年后，我身入此山
清楚地听见了回声
傅天琳当时就走在我身边
她听见没有，不得而知
唯恐矫情，我终于没问……

那年暮色里我们因何呼喊
始终缄默的傅天琳
听出我们声音中的哽咽了吗
是否看清了彼此涨潮的眼睛

28 年过去，我们成名
之后的嗓音，日渐成熟
譬如，决不会朝着安徽省
大声呼喊刘祖慈的名字
譬如见面，会十分得体地
叫一声“天琳”……

2019.09.30　于成都

张烨

中国作协会员。上海大学教授，上海作协诗歌委员会原主任。

张烨

北碚

少年时
从唐代吴道子的巨幅山水
认识嘉陵江
青年时
获悉中国第一所新诗研究所诞生
从上海仰望你
后来，万能的百度告诉我
你是从渝州之北
伸入嘉陵江的一片奇石
多少年过去了
今天，当我来到你身旁
我已经老了

总有山水滋润我、渗透我、年轻我
缙云山、金刀峡、嘉陵江小三峡
总有历史唤醒我、深沉我、精英我
重庆遭遇五年大轰炸
闻名中外的金刚碑古镇
抗战时三千名流曾聚集于此
总有文化智慧我、启迪我、反思我
梁漱溟、梁实秋、老舍
北碚之父吴作孚
旧居如故主张开欢迎的双臂
那个年代特有的精气神扑面而来

泪水模糊了造访者的眼睛

总有未来向科技落伍的我
伸出援手
通过你遥遥领先的人工智能机器人
助我飞行
我的诗掠过千里嘉陵江上空
邀李商隐一起俯瞰
屹立七千万年的巴山——缙云山

缙云山黛湖　北碚区摄影家协会供图

缙云山

不知崇尚零度情的现代诗人
是否能理解一座山的深情
每一滴雨里红着西窗烛
每一潭秋池涨绿相思

山是诗人的知音
云是诗人的心笺
《夜雨寄北》
是悬挂在孤峰顶的一颗眼泪

哪一天都是前约
哪一天都是归期
金桂、银桂、丹桂香了整座山
朵朵片片默念着诗人的名字

由唐朝而现代
由天上而人间
披着缙云抑或月光、细雨
飘回你心中的巴山[1]

① 缙云山在古时称为巴山。

黛湖

据说哪位菩萨曾在缙云山打坐
失落的一面古镜
化成了黛湖

她的眼中噙着蓝天白云
心境空寂成一轮明月

在重庆自然博物馆 / 恐龙馆遐想

体积庞大的恐龙
浓缩成时间的形状
袖珍在石头上
曾经威慑天下
被希腊、古罗马人称为“食人魔”“狮鹫”
还是中国人想象丰富：龙升其山
值天门闭，不达，坠死于此
后没地中，故掘取得龙骨

我在想
恐龙的不幸
何尝不是人的不幸
欲望如繁星高悬
逼人腾地而起
坠地而亡
恐龙，犹留下化石
留下追寻的过程与痕迹

周瑟瑟

诗人、小说家，《中国诗歌排行榜》主编、《卡丘》诗刊主编、央视纪录片导演。

北碚

古代嘉陵江倾斜插入大地
就这样滔滔江水插入大地
我摸到一块白石
就是一块白石
伸进嘉陵江
一只白色鸽子
就是一只白色鸽子
从嘉陵江飞起
湿漉漉的翅膀扇动
我腹腔里咕咕咕咕地叫声
那是巴山夜雨
那是嘉陵江的心跳
白色鸽子赤色眼睑
那是我熟悉的一个人
一个白色仙人

2019.09.26

请扫码观看组诗朗诵
《碚城意象》

缙云山

它浮在重庆北碚
一座固体的海
向我漂来
轩辕黄帝藏在山中
满天霞光喷射
看来不只轩辕黄帝一人
在此炼丹修道
死去的其他人都去了哪里
他们都在做什么
活着时他们在缙云山写作
喝茶、聊天、论战
编写小学教材
和妻儿在一起泡温泉
回家捉老鼠
死了的这些年
他们仿佛消失了
当我看到满天霞光喷射时
才一一想起他们
年轻水手一样的模样

2019.09.26

李商隐

一团白雾

在缙云山中游荡

一匹白马低头跟随他

赤色马鞍深山里的火焰

仙鹤缠绕四周

一袭白袍呼唤巴山夜雨

他在此写下《夜雨寄北》时

远在长安的妻子

已经在他的诗之前死了

而他置身大雨中还不知道

2019.09.26

缙云山传奇

马车摇晃
山路崎岖
她坐在车上唱一首歌
多年以后他回头看见她
朴素的格子衬衫
马尾辫鹅蛋脸
他扬起鞭子
抽打了一下马臀
歌声停止
她开始低泣
爱情深埋在心底
马车上的两个人
他们的命运如一团雾
马车在雾中摇晃
消失在缙云山

2019. 09. 26

最后的祖鹿

地球上

站着一只最后的祖鹿

它回头与我对视

金色的绒毛在黑暗里发光

我们都没有说话

它的鼻息轻轻呼到了我脸上

我们踩着一滩青草

闭眼享受远古的告别

2019. 09. 26

地球

如果把地球剖开

它的内部像一只成熟的西瓜

瓜瓤鲜艳诱人

它的羞涩和性感

无人能及

2019.09.26

金刚碑

释迦牟尼大弟子迦叶尊者
到缙云山建寺时
留下的一块巨石
抗战时三千名流聚集在这里
他们都走了
现在只有吕进和蒋登科
饭后来此散步
巨石插入嘉陵江
发出天地合一的轰响

2019. 09. 26

锦瑟

到缙云山上去
到白雾深处去
仲秋时节
我端坐箱形山脊
仿如坐在仙鹤平缓的背部
我细数锦瑟无端五十弦
此山两翼的植被完全不同
西翼的植物忧郁
东翼的显得欢乐
一座山
生活着性格迥异的仙鹤
它们竖耳倾听
我弹拨的锦瑟

2019.09.27

假如恐龙没有灭绝

假如恐龙没有灭绝
它的模样
会越来越像人类
我偶尔会见到
眼球圆鼓鼓的
长在脑门上的人
脖子伸得长长的
像直立的蜥蜴
假如恐龙没有灭绝
它就生活在我们中间
与我们一起站在博物馆
看它们的祖先
如何演变为鸟
或许演变成了少数人
我听到恐龙开口说话
世界必将再改变
你们正处于另一次
大规模的灭绝事件中

2019.09.27

鸟的祖先

庞大的恐龙渐渐缩小
一个物种进化为另一个物种
它们的心脏悬在空中
鸟带着恐龙沉重的心脏飞行
恐龙长出翅膀是哪一年
恐龙的牙齿完全脱落的那一年
它们飞向蓝天
在树上弹跳
啊，恐龙在树上交配
生下了满世界快乐的鸟

2019. 09. 27

炼丹

呼哧呼哧
莽莽群山吐出舌头
是谁在缙云山炼丹
是轩辕黄帝
他代表上天
在此炼丹修道
我有幸观摩学习
等到天边出现一堆
非红非紫的祥云
我知道丹炼成了
当即祝贺轩辕黄帝
我舔了舔云霞
是丹丸的味道
他累得大汗淋漓
呼哧呼哧
向我吐出绛色的
发麻的舌头

2019.09.27

机器人史记

机器人小冰写诗多年
很多人不屑一顾
并且断言小冰写的不是诗
鲁班削竹成鹊
在天上飞了三天
不落下来
没有人认为他制造的是
会飞的机器人
诸葛亮北伐时
发明了木牛流马
载 400 斤粮草
日行数十里
那是最早的机器人
所有的发明
均是未曾认识的诗

2019. 09. 27

UC Global Service
FANUC
Headquarters
Changchun
Gyeongin
Shenyang
Harbin
Cheonan
Taiyuan
Dalian
Daegu
Beijing
Ulsan
Wuhan
Yantai
Changwon
Tianjin
Shanghai
Ningbo
Taipei
Taichung
Tainan
Sapporo
Niigata
Maebashi
Toyama
Nagano
Hakusan
Okayama
Hirakata
Hiroshima
Kokura
Osaka
Nagoya
Anjyo
Kumamoto
Brisbane
Sydney
Auckland
Melbourne

发那科机器人　刘德良／摄

巴山夜雨

巴山夜雨
久违的幻觉
秋天的池塘就在窗外
明月高悬缙云山
李商隐若隐若现
他因为中年丧妻
滞留在巴山夜雨里
我无所事事就陷入幻觉
雨像梳子
顺着山脊线冲刷下来
我睡在晚唐的雨中
穿一件流水的睡袍
我呼呼大睡的面部
正对着今夜一轮明月

2019.09.28

晏阳初

不管我有多聪明
我都要接受晏阳初的识字运动
遇到不认识的字时我会想起他
浪费很多钱或者时间成本
才能完成一次交流时
我会想起晏阳初
以简单、务实和经济的方式
真正地打到民间去
我到重庆北碚
寻访乡村建设学院而不见
在西南大学新诗所一间教室
遇见吕进教授和一群年轻人
以简单、务实和经济的方式
度过了他八十岁生日

2019.09.28（给吕进教授）

晏阳初旧居　北碚区文化旅游委供图

梁漱溟

一个温和的人
看起来像一个激烈的人
梁漱溟看起来像梁启超
圆形细边眼镜后一双眼睛盯着我看
他看透了我
站在青年梁漱溟面前
我愿意接受先我死去的人
无声的审判
近十年我模仿你的浅发
你脸部的轮廓
粗糙的木头
或未曾打磨的石块
到了晚年一个激烈的人
不收回眼神的刀子
浑浊的球体
透出眼泪的白光

2019. 09. 28

卢作孚

感谢父亲卢麻布
一代又一代人
我们一生最爱的是麻布
我们一生最爱的人是自己的父亲
现在重庆北碚人
把卢作孚视为北碚之父
把麻布视为天下最温暖的布

2019.09.28

峡防局史记

峡防局规定
交一根老鼠尾巴或十只苍蝇
可以换一张入场券
或者在北碚民众剧场入场口先考认字
合格者方能进入免费看一场电影
一家子欢欢喜喜到了电影院
结果儿子进去了
老子却被尴尬地挡在门外
老公进去了，老婆却进不去……
这一招很有效
一时间街巷、沟边
被人们反复清扫
老鼠几乎被打绝
苍蝇也不见了
——这不是我写的诗
这是 1933 年峡防局史记

2019. 09. 28

重庆火锅演变史

1965 年李钢到重庆
他只见到两家重庆火锅
一家在七星岗另一家在杨家坪
菜品简单，价格便宜
他向我们描述民国初年
重庆火锅的雏形
挑担子的人在街头叫卖
你如果想吃重庆火锅
他就给你烫一个
辣椒要你自己选择
改革开放后
辣椒才势不可当
到今天重庆火锅
已经把我们辣得人仰马翻
纷纷拜倒在重庆火锅桌下
吃一顿重庆老火锅
我的舌头要十天半月
才能恢复原先的味觉
魔幻现实主义在重庆
最好的作品是疯狂的火锅

喉咙里的沙子与铁屑

他的喉咙里灌满了沙子
他的声带的闸门
需要多大的力气
才能阻挡住嘉陵江的泥沙
他有过多年的打铁经验
师父的小锤不停
他的大锤就交替着紧追不舍
我怀疑他的喉咙里灌满了铁屑
通红的铁屑你一辈子都吐不出来
后来他去码头背货
他嘴里含着竹签
背完一趟就把竹签吐到竹篦里
在卢作孚的民生公司遗留下的物件里
我看到瘦骨一样的竹签
他说我含的就是这样的竹签
我们站在北碚嘉陵江边
寻找他当年走过的纤道
我说我想与你裸露上身
到嘉陵江边去背纤

北碚诗歌人类学简史

重庆北碚有一座缙云山，古称巴山。晚唐诗人李商隐来到巴山，给妻子（或者友人）复信写道："君问归期未有期，巴山夜雨涨秋池。何当共剪西窗烛，却话巴山夜雨时。"这就是《夜雨寄北》一诗。

古代诗歌文明立在我们面前，进入了我们的生活，处处可以感受到古代诗歌文明对人的影响，北碚缙云山因"巴山夜雨"而区别于别的山，自然山水随诗赋形，诗依山水流传后世。古代诗歌文明不是孤立于故纸堆里，它存在于天地万物中，随天地万物不断运转，一首诗与一个诗人的生命就此进入了诗歌文明史。

在缙云山写诗，我看到不一样的秋水长天，我寻找那块伸入嘉陵江中的白石，我想在那块白石上写字，就写"嘉陵江的心跳"。在北碚，我感受"诗歌人类学"的现场，北碚的传统文明与现代文明进入我的写作。呼吸温润的空气，与遇到的本地人说话，我喜欢北碚的生活气息，在他们身上我看到了真实具体的"诗歌人类学"现场，生活在这里的人就是鲜活生动的北碚，他们的脸上有缙云山的影子，他们带着"嘉陵江的心跳"。白石白石，洁白的鸽子飞舞，从嘉陵江中飞起。我像古代诗人那样在北碚游荡，北碚到处是现代性意象，我现场把它们写了下来。

“巴山夜雨”还说明了巴蜀的天气现象，西南盆地多雨，据说平均一年中夜雨达67%，春季夜雨达69%。在北碚的几天，秋高气爽，夜里我注意倾听，但没有听到雨声，我写了“巴山夜雨”的幻觉。

李商隐在此地游荡写作《夜雨寄北》时是怎样的情形？从北碚缙云山、嘉陵江的地势和气候，我们可以一点点感受古代诗人在潮湿多愁思的环境下像写信一样写诗，那么我们可不可以像写信一样写诗呢？当代诗歌文明为何不能建立在人类生活的现场？当代诗歌为什么不能成为人类学（人类生活）的一部分呢？现在我们这样谈论李商隐当年在巴山写下的诗，若干年后，人们是如何看我们今天在巴山写下的诗？肉身终将消失在历史时空里，但诗歌与山水可以留存下来。

在北温泉举办的“巴山夜雨——‘诗与北碚’文化旅游发展论坛”上，我谈到前年到南美洲太平洋西岸的瓦尔帕莱索古城去寻访聂鲁达的一个故居，离开时我猛一回头看到一队穿消防制服的人在跑步，身后跟随着一条狗，那是瓦尔帕莱索古城留存下来的当地人的传统生活习惯，那一队消防员都是志愿者，他们就是这样生活的。我想说的是北碚人是怎样生活的？我们是不是可以保留原住居民的生活习惯？现代性同时存在于传统生活习惯里。李商隐的“巴山夜雨”的现代性并不比当代诗歌中任何一首差，甚至我们现在大谈特谈的“现代性”其实是一个丧失了精神内涵的空壳。北碚之父卢作孚的乡村建设运动包含了强烈的现代性，北碚人至今还在享受卢作孚留下来的城市建设成果。所以，我们要真正理解什么是“现代性”，现代性是人的精神气息，而进步的技术和观念必须依附在人的精神气息上而去构建当代文明。

看了梁实秋、老舍、梁漱溟在北碚的旧居，我最想去的北碚歇马磨滩柑桔研究所果林中的晏阳初的一处旧居没去，有点儿遗憾，我对梁漱溟、晏阳初在北碚的活动很感兴趣，我是到北碚来朝圣的。1940 年晏阳初在此创办了“中国乡村建设学院”，1950 年他去美国，担任“国际平民教育委员会”主席。从晏阳初的一生，我看到了他那一代中国人的现代性思想对他国（当然也对他的同时代中国人与后来者）的影响。

最后一天到西南大学新诗所参加“黄亚洲国外行吟诗新作研讨会”，我谈了“中国诗人田野调查”与“走向户外的写作”。黄亚洲比我大 20 岁，他这一代诗人回到生活现场写作，其写作方式改变了原来的方式，对生活现场做出了及时的反应，他身上的写作活力与鲜活的现场感，给我留下了强烈的印象。听了西南大学新诗所三位年轻博士生所做的报告，对新一代人我更是刮目相看。“当代诗歌文明”就是这样形成的。

走进一间小教室，鲜花、蛋糕、巴山阳光，我们匆匆与吕进教授合影，他的家人与学生围了一屋子，今天是吕进教授 80 岁生日。我们赶往机场，回京的飞机上我写下想写的诗。

2019.09.29　北京树下书房

两江蔡家智慧新城　谭红钢 / 摄

巴山夜雨的诗性存证
——读《夜雨寄北——首届缙云诗会作品集》

郑劲松

缙云之麓，嘉陵之畔。巴山夜雨地，温泉故里游。坐落在山水之间的北碚，也坐拥国家级风景名胜区、全国优秀旅游城市、国家园林城区、国家卫生区、国家环境保护模范城区、国家生态示范区、森林城市标准化示范区、全国科技进步先进区、国家科普示范区、全国先进文化区以及中国人居环境范例奖、迪拜国际人居环境良好范例奖等众多“美丽”雅号，在重庆市主城九区中，北碚似乎应当自带而且最具诗性。

这样的诗性，在一千年前唐朝诗人李商隐笔下，叫做“巴山夜雨”。诗接千载，但只要来过北碚，在缙云山下嘉陵江畔有那么一段宁心静气的漫步，如果又恰好“沐浴”了一场夜雨，谁也无法否认：北碚最具“巴山夜雨涨秋池”的意境。那就来一场“再话巴山夜雨时”如何？跨越千年，循着李商隐的大唐诗韵，为北碚的诗意和诗意的北碚存证。

做完这道证明题的是一大拨全国著名诗人，他们是：曹宇翔、傅天琳、黄亚洲、蒋登科、敬丹樱、李钢、李元胜、林雪、刘萱、陆健、吕进、毛翰、娜夜、吴传玖、义海、郁葱、张德明、张新泉、张烨、周瑟瑟……时间是2019

年9月，庆祝新中国成立70周年的喜庆而宏大的背景里，最具诗意的中国秋天。他们徜徉在北碚的山水胜景、人文风情、历史语境、现代时尚之中，有感而发，写下一篇篇采风作业。我很想换个角度说，因为他们都是诗人，而且是知名诗人，似乎都冲着李商隐的不朽诗篇，“不得不用心用情”，用对得起自己名誉、地位，也对得起北碚和李商隐的诗句，留下了一批优秀诗作。这批诗作对得起北碚，北碚也对得起这批诗作和诗人。这是诗人与文化、与自然、与社会、与历史、与时代，甚至与自己的相遇与和谐吧。这应该才是“行到北碚必有诗”的内在动因，也就顺理成章地用诗歌的方式证明了一首诗的存在，这真是“却话巴山夜雨诗”。

首届缙云诗会内容丰富，除了产出这批诗作的“全国著名诗人北碚行”采风笔会外，还包括：“巴山夜雨——‘诗与北碚’文化旅游发展论坛”“‘巴山夜雨　自在北碚’——缙云诗会·诗歌朗诵会”等板块，先后持续一个多月，可以说，以诗的名义，以诗为媒介，广泛宣传了缙云山生态环境综合整治成效，延续并提升了北碚“晒文化　晒风景”的“双晒”传播效果，塑造了“巴山夜雨、温泉故里、自在北碚”的良好城市形象。

既然媒介、由头和核心都是诗，首届缙云诗会之后，编印一本诗集，也就顺理成章而理所当然。吕进教授不仅在前期筹备中出谋划策、会议组织中推进落实，还在会间和会后运用自身影响力亲自催稿，得知诗集编印还欣然作序。蒋登科教授、熊辉教授等为本届诗会的筹备和成功举办给予了大力支持。西南大学中国新诗研究所、北碚区作家协会参与了诗会的具体工作，西南师范大学出版社对诗集的编辑、设计、校对等给予了无私指导，北碚区摄影家协会为诗集提供了精美图片。

或许这一切的热情参与、投入，其实都只有一个原因：诗，也可以说是“诗的缘分”。因为诗，大家相遇相聚，也因为北碚，大家结下了不解的诗缘。那么，顺着这美好的缘分，来欣赏、点击这本诗集中的部分诗作吧。

阅览这本集子，就能明白上面说的那种“诗人的相遇”，也即究竟是北碚的什么东西吸引了诗人，什么东西能证明北碚自带的诗性。当然是其丰厚的山水、历史、人文，比如：缙云山、嘉陵江、金刀峡、偏岩古镇等，这是永远取之不尽的诗性素材。缙云山巅的狮子峰，山中的八角井、黛湖、绍龙观，山下的北温泉、金刚碑、花房子，嘉陵江边的白鱼石、正码头、复旦大学旧址夏坝，以及北碚的历史文化名人，如宋代的冯时行、“北碚之父”卢作孚，以及老舍、晏阳初、梁漱溟、梁实秋等，都频频出现在诗人们的笔端。可以说，诗人们没有偏题和跑题，更没有常见采风作业那种“走马观花”，或者换言之，出自对“巴山夜雨诗”的敬畏，即便走马观花式地匆匆游走，这批诗人的诗作也入情入理，难能可贵。因为，顺着缙云山风和嘉陵水韵，曾经流淌着那么精彩的文脉，他们的出场毕竟有着厚重的诗意与文化背景，他们的笔不敢怠慢。对于北碚与诗歌或文化的渊源，著名诗评家吕进先生在为本书撰写的序言中有着精彩的论述，不用我赘述。我想做的，只是以一名读者的身份，认真读一读他们写给北碚的献诗。

“是时候了，我要写一首诗 / 因为在这里，诗歌到处都在生长 / 碧绿的小城，重庆优雅的后花园 / 我的笔尖已经蘸满阳光……”吕进先生用“蘸满阳光的笔尖”，这样歌唱狮子峰：

……

而流动的温柔的云朵
又轻轻地在腰间缠绵
无言的依偎，无声的呢喃
像浓雾，又像轻烟
这是尘世，还是梦境？
我是凡人，还是神仙？

那位未知归期的诗人
当然看不到今天美貌的巴山
但是今天的狮子峰
却曾看见过那场夜雨
看见在万籁俱静的缙云山
秋池里越涨越高的思念

从缙云山园艺场走上诗坛、在北碚度过 20 年青春岁月的傅天琳，对北碚自然一往情深。她的《我的北碚》不是这次采风的新作，但多次读来依然那么新鲜。我相信，只要拿起笔来书写北碚，任何诗人写的都是“我的北碚”，但傅天琳的感受却那么熟稔、强烈、亲切到骨髓和灵魂。她的诗中写道：

在离北碚还有三十公里的地方
空气中就飘来炊烟的气味
家的气味，亲人的气味
整片秋天被高速公路分开
我带着一座花园在飞奔

我磅礴的相思
早已交给雨的手指抹绿崇山峻岭
只有翅膀才能为我们带来天空
在我梦中，集合了多少缙云山的鸟群
……
鸟声如此之宽，乾坤如此之大
爱情如此之醉，芳香如此之深
即使每一片叶子都写着家的地址
我还是迷路于家门口
迷路于这个锦绣的早晨
……

狮子峰站在云上与我对视

我的肺里有你松涛汹涌的声音

而此时我却找不到词语

我只能匍匐在地匍匐在地啊，亲吻你

亲吻你泥土里的乳汁，泥土里的根

这样深情、深沉的爱，自然会移情到女诗人眼底的、北碚的一草一木。缙云山中小小的黛湖，被傅天琳巧妙地在“大、小”上做了文章，诗中唱道：

……

没见过比你更小的湖了

小得超然物外，小得焦渴的路人

一口就可以把你喝光

干净还分大小吗

远离尘埃的湖水

再小也是令人尊敬的

再小，也无法测量出你幽深的

幽深的，从巴山夜雨

一路深深深过来的意境

……

傅天琳的诗非常生动地表达了诗人与对象的这种审美相遇，所谓“心像天然”。从某种角度讲，好的诗歌，特别是书写大自然的诗歌，会让人感觉那些诗句不是诗人写出来的，而是诗人本身就与自然融为一体，替自然开口说出了人话。不信你看诗人义海笔下的黛湖，是不是同样力图以自然视角来揭示黛湖本身固有的诗性呢？诗中是这样说的——

这被山高高举起的水
在丛林深处
独自妩媚
……
其实，她每天都在唱
特别是在夜深人静的时候
只是我们听不见

她唱完了月亮唱星星
她唱完了星星唱白云
唱一片乌桕叶子落上她的面庞

只有水边的小草在听
只有水边的玉兰在听
听她柔软的音调，用微风做的歌词
……

这被山高高地举起的水

就这样被树林悄悄地藏着

就像珍藏一面柔软的镜子

这被山高高举起的水

就是这样被山宠爱着

山用有力的手臂把她抱在怀里

谁也不知道多少年了

缙云山就这样把她抱着

并告诉路人：这是我的女儿

诗人退到了景象后面，退进了自然本身，让自己的语言真情流露、自然呈现，就是客观的好句子。这样的诗，不是写的，是说的，是给大自然的对话体。同样是对话，诗人张新泉除了一以贯之保持着自己睿智、硬朗的“话风”外，还多了一层哲学的关照。看他笔下的《缙云山之秋》：

许多花是自己忍不住

当着游客，一点点把自己打开的

许多姹紫嫣红，是被风，一层层，涂上去的

许多游人游着游着就飞了起来

和许多风筝，称兄道弟

谁看见一撮土在动，在蓬松
就知道有蚯蚓在下面跳舞
谁听见蜂儿嗡嗡，谁就已经
尝到了蜜……

缙云山是所大学校
上午才入学的老迈与沧桑
下午已变身童男，少女
这个季节出生的娃有福了
跨出娘胎，就可以直接跑进
童话里去……

好一个“缙云山是所大学校”。其实，面对自然、历史，以及其他文化的客观存在，就像面对尊敬的师长一样，诗人应该用心去聆听和品味，然后才能发而为诗。这就是一种写诗的主体姿态，主观的，也是客观的，既尊重客体存在的诗意，又以自己的学养和人生历练去挖掘与表达对象所存在的意义与价值。

这次来北碚参加首届缙云诗会并采风写作，大大超额完成“作业”的是诗人黄亚洲与周瑟瑟。

来过几次北碚的黄亚洲，再次诗兴大发，一口气写了 16 首诗，缙云寺、金刚碑、冯状元的八角井、梁漱溟的花房子、老舍旧居“多鼠斋”，还有自然博物馆、北碚博物馆、卢作孚纪念馆、北碚的豆花宴，以及北碚两江新区的机器人研究院、企业公园等都纷纷再现在他的笔下，几乎主办方安排或他去过的参观点都有至少一首诗作。或许太喜欢梁实秋的雅舍，竟然同题连写两首才过瘾。还让诗歌承担“纪实”功能，写了一篇《“巴山夜雨”诗歌座谈会》，把这次诗会的主旨主题也都“和盘托出”，这自然令北碚主人笑逐颜开。而他的一首《北碚区的明天：中国诗歌特区》，更是语出惊人，或许主办方也有些不好意思。但这首略显“谬赞”的诗作或许说明我的一个观点：重庆主城，甚至在中国的城市区县中，北碚是最具诗性的存在。

当然，对这种诗性存在的基因，黄亚洲也在诗作中做了自己的挖掘和阐释，比如在诗歌《重庆北碚博物馆：我被一张图片击中》中写道：

我是在北碚博物馆的一张图片面前中弹的
思绪失联，空白了好几秒钟
一个碎裂的重庆击中了我
1938 年 2 月击中了我

我溅开的血，如慢动作镜头，滴在下列数字上：五年！
1938 年 2 月 18 日至 1943 年 8 月 23 日！
轰炸 218 次！飞机 9000 多架次！
投弹 11500 枚！

感谢断墙残垣上的那四个字，以最快的速度冲过来
为我做了包扎
那四个字，是用钢钉、石膏、绷带、拐棍做成的
——愈，炸，愈，强！
……
我在一张图片面前中弹，但我，很快
用那四个字，把血擦干净了
重庆大轰炸那几年，我还没有出生，但我知道
我周身的血，来自哪条破碎的血管
……

北碚不缺厚重的、丰富的历史遗存，但是缺乏文化的、诗意的、人格化的挖掘与提炼，黄亚洲等诗人“过客”，像千年前的李商隐一样，留下了自己的感叹与思考。历史不是静止的，是可以不断被书写、被激活的，这样才能教育和警醒后人。诗歌可以成为一种教育，原因之一，大抵在此。

如果黄亚洲是走到哪儿写到哪儿，总体上还有一些“散记”味道，那么诗人周瑟瑟则是以集束炸弹式来了一个整体书写，一共 19 首诗作，还干脆命名为《北碚诗歌人类学简史》，把北碚彰显诗性、彰显文化、彰显历史的，也就是俗话说的“拿得出手”的自然、人文以及时尚都菜单式地摆将出来，用一句句诗调料，做成一桌丰盛的精神大餐。他所“附录”的短论文或随笔，就“北碚诗歌人类学简史”做了自己的解读。

由于篇幅，不再引用和赘述。不难看出的是，同样是友好的“外来者”，周瑟瑟在呼应着黄亚洲有关北碚的明天成为“中国诗歌特区”的“倡议”。也同样限于篇幅，这本集子中的很多好诗，不能一一品读了。它们一从作者笔下流出，就成了北碚诗意或诗意北碚的一部分，像一棵树的一片叶子一样，已经共同涵养着北碚这片大森林。

当然，北碚不可能成为“中国诗歌特区”，这只是一种美好的比喻。但北碚应该守住这份自带的诗意。像一个纯情女子，自在钟灵毓秀的山水之间，这图景就是诗了。

感谢唐代诗人李商隐那首北碚人至今仍然不敢完全据为己有的诗歌。为什么这样说呢？因为，这首名诗犹如一包做酒的那种发酵的曲子，因为它的芳醇，历经时间的浸泡，北碚的诗意就这样浑然天成了。

感谢所有参加诗会的诗人们的创作。从某个角度讲，谁说李商隐没来过北碚呢？谁说参加诗会的一众诗人不是李商隐呢？

自然现象的巴山夜雨还在时不时地下着，文化现象的巴山夜雨，一句句的诗如同一滴滴雨水，还在不断重生。拥有诗歌的北碚，是自然的、美丽的、自由的、空灵的、湿润的，当然也是幸福的。

作者供职于西南大学